SV

Julio Cortázar
Geschichten, die ich mir erzähle

Aus dem Spanischen von Rudolf Wittkopf

Suhrkamp Verlag

Die Erzählungen stammen aus folgenden Bänden:
Liliana weint; Manuskriptfund in einer Jackentasche; Sommer aus:
Octaedro © Edición castellana: Alianza Editorial, Madrid 1974
Passatwinde; In Bobys Namen; Apokalypse in Solentiname;
Die zwei Seiten der Medaille; Der Abend mit Mantequilla aus:
Alguien que anda por ahí © Ediciones Alfaguara, Madrid 1977
Zeitungsausschnitte; Tango von der Rückkehr; Clone;
Geschichten, die ich mir erzähle aus:
Queremos tanto a Glenda © Ediciones Alfaguara, Madrid 1980

Erste Auflage 1985

Druck: Wilhelm Röck, Weinsberg
Printed in Germany

I

Liliana weint

Noch ein Glück, daß es Ramos ist und nicht ein anderer Arzt; zwischen uns hat es immer einen Pakt gegeben, und ich wußte, daß er es mir sagen würde, wenn der Augenblick gekommen ist, oder es mir doch zu verstehen geben würde, ohne mir alles zu sagen. Es ist ihn hart angekommen, den Ärmsten, fünfzehn Jahre Freundschaft und Pokerabende und Wochenenden auf dem Land, das alte Problem; aber was soll's, in der Stunde der Wahrheit und unter Männern ist das besser als die Sprechzimmerlügen, schöngefärbt wie die Pillen oder die rosa Flüssigkeit, die mir da tropfenweise in die Vene rinnt.

Drei oder vier Tage, er braucht es mir nicht zu sagen, ich weiß, er wird dafür sorgen, daß es nicht zu dem kommt, was sie Agonie nennen, warum den Hund auch langsam krepieren lassen; ich kann ihm vertrauen, die letzten Pillen sind immer grün oder rot, doch sie werden etwas anderes enthalten, den großen Schlaf, für den ich Ramos jetzt schon dankbar bin, wo er mich noch vom Fußende des Bettes aus etwas verloren anblickt, weil die Wahrheit ihn ganz ausgelaugt hat, den armen Kerl. Sag bloß nichts Liliana, warum sie zum Weinen bringen, bevor es sein muß, findest du nicht auch? Alfredo ja, Alfredo kannst du es sagen, damit er sich freinimmt und sich um Liliana und Mama kümmert. Und hör mal, sag der Krankenschwester, sie soll mich verdammt nochmal in Ruhe lassen, wenn ich schreibe, es ist das einzige, was mich die Schmerzen vergessen läßt, abgesehen von deiner hervorragenden Pharmakopöe, versteht sich. Ah, und daß man mir einen Kaffee bringt, wenn ich darum bitte, diese Klinik nimmt die Dinge viel zu ernst.

Es ist wahr, das Schreiben beruhigt mich von Zeit zu Zeit; vielleicht ist das der Grund, warum es so viele Briefe von Todgeweihten gibt. Es macht mir sogar Vergnügen, schreibend mir Dinge auszumalen, die einem, wenn man bloß an sie denkt, die Kehle zuschnüren, ganz zu schweigen von den Tränendrüsen; ich sehe mich von den Worten her, als wäre ich ein anderer, ich kann alles mögliche denken, wo ich es nur sofort aufschreibe, eine Berufskrankheit oder eine beginnende Gehirnerweichung. Ich unterbreche mein Schreiben nur, wenn Liliana kommt, anderen gegenüber bin ich weniger liebenswürdig; da man nicht will, daß ich viel spreche, lasse ich sie erzählen, ob es kalt ist oder ob Nixon über McGovern siegen wird, den Stift in der Hand, lasse ich sie reden, und selbst Alfredo merkt das und sagt mir, ich solle nur weiterschreiben, solle so tun, als wäre er nicht da, er habe eine Zeitung mit und bleibe noch einen Augenblick. Doch meine Frau verdient so etwas nicht, ihr höre ich zu, sie lächle ich an, und ich habe gleich weniger Schmerzen, ich lasse es zu, daß sie mir ein ums andere Mal diesen etwas feuchten Kuß gibt, obgleich ich es jeden Tag weniger ertrage, daß man mich rasiert, und es ihren Lippen weh tun muß, armer Schatz. Ich muß sagen, daß Lilianas Tapferkeit mein größter Trost ist, mich in ihren Augen schon tot zu sehen, würde mir diesen Rest an Kraft nehmen, dank dem ich mit ihr sprechen und ihr manchen Kuß erwidern kann und dank dem ich weiterschreibe, kaum daß sie gegangen ist und die Routine der Injektionen und Ermunterungen wieder anfängt. Niemand wagt es, mir mein Heft streitig zu machen, ich weiß, daß ich es unter dem Kopfkissen oder im Nachttisch verwahren kann, es ist meine Marotte, man muß sie ihm lassen, zumal Doktor Ramos, aber natürlich muß man sie ihm lassen, dem Ärmsten, so kommt er auf andere Gedanken.

Vielleicht Montag oder Dienstag, und das Plätzchen in der Gruft Mittwoch oder Donnerstag. Mitten im Sommer wird der Chacarita ein Backofen sein und den Jungs wird das zu schaffen machen, ich sehe den Pincho in diesem Zweireiher mit Schulterpolstern, über die Acosta sich immer lustig macht, der sich seinerseits wird in Schale werfen müssen, wenn ihm das auch nicht behagt, der König der Pampa in Schlips und Kragen, um mir das letzte Geleit zu geben, das wird umwerfend sein. Und Fernandito, womit das Trio komplett wäre, und natürlich auch Ramos, bis zuletzt, und Alfredo, der Liliana und Mama stützt und mit ihnen weint. Und ihre Tränen werden echt sein, ich weiß, wie gern sie mich haben, wie sehr ich ihnen fehlen werde; sie werden zu dieser Beerdigung nicht gehen, wie wir zu der des dicken Tresa gegangen sind, bloß wegen der Parteizugehörigkeit und gemeinsam verbrachter Ferien, schnell der Familie gegenüber seine Pflicht tun und sich rasch davonmachen, sich wieder ins Leben und ins Vergessen stürzen. Natürlich werden sie einen Mordshunger haben, vor allem Acosta, dieser unübertreffliche Vielfraß; obgleich es sie schmerzt und sie diese Absurdität verfluchen, daß einer so jung und mitten in seiner Karriere sterben muß, gibt es diese Reaktion, die wir alle kennen, das Verlangen, wieder in die Metro oder ins Auto zu steigen, sich zu duschen und mit großem Appetit zu essen, wenn man sich dessen auch schämt, aber wie den Hunger leugnen, der eine Folge der durchwachten Nächte ist, des Geruchs der Blumen während der Totenwache, der vielen Zigaretten und des Aufundabgehens auf dem Gang, es ist so etwas wie Genugtuung, was man in solchen Augenblicken empfindet und woraus ich selbst nie einen Hehl gemacht habe, ich wäre ein Heuchler gewesen. Mir gefällt die Vorstellung, daß Fernandito, der Pincho und Acosta zusammen in ein Grillrestaurant gehen, sicher werden sie zusammen gehen, denn das haben wir damals beim dicken Tresa auch gemacht, die Freunde müssen noch eine Weile beieinander bleiben, einen Liter Wein trinken und ein paar Kutteln vertilgen; verdammt nochmal, es ist, als sähe ich sie vor mir, Fernandito wird der erste sein, der einen Witz macht und ihn, verlegen zur Seite blickend, mit einer halben Paprikawurst reuig hinunterschluckt, aber zu spät, und Acosta wird ihn verstohlen ansehen, aber der Pincho wird schon losgeprustet haben, er kann einfach nicht an sich halten, und Acosta, der eine Seele von Mensch ist, wird sich sagen, daß er vor den Jungs nicht als Musterknabe dazustehen braucht, und wird ebenfalls lachen und sich dann eine Zigarette anzünden. Und sie werden unaufhörlich von mir sprechen, jeder wird sich an so vieles erinnern, das Leben, das uns vier verband, wenn es auch Zeiten gab, die wir nicht alle gemeinsam verbrachten und die in Acostas oder des Pinchos Erinnerungen auftauchen, so viele Jahre und Streitereien und Liebschaften, ach die Clique. Es wird ihnen schwerfallen, sich nach dem Essen zu trennen, weil dann wieder das andere kommt, die Stunde, nach Hause zurückzukehren, das letzte, endgültige Begräbnis. Für Alfredo wird es anders sein, doch nicht, weil er nicht zur Clique gehörte, im Gegenteil, aber Alfredo wird sich um Liliana und Mama kümmern, und das können weder Acosta noch die anderen, das Leben schafft besondere Beziehungen zwischen den Freunden, alle sind sie zu uns ins Haus gekommen, doch mit Alfredo ist es etwas anderes, diese Nähe, die mir immer so wohlgetan hat, das Vergnügen, das es ihm macht, sich mit Mama des langen über Kräuter und Heilmittel zu unterhalten, oder mit Pocho in den Zoo oder in den Zirkus zu gehen, der ewige Junggeselle, der für jeden da ist, eine Schachtel Teegebäck und ein Spielchen Siebzehnundvier, wenn Mama sich nicht wohl fühlte, seine zurückhaltende, feine Art Liliana gegenüber, der Freund der Freunde, der nun diese beiden Tage seine Tränen wird hinunterschlucken müssen, vielleicht bringt er Pocho in sein Landhaus und kommt gleich wieder zurück, um bis zum Schluß bei Mama und Liliana zu bleiben. Letzten Endes wird ihm die Rolle des Hausherrn zufallen, und er wird alle Unannehmlichkeiten, angefangen mit dem Beerdigungsinstitut, auf sich nehmen, mußte es doch ausgerechnet jetzt passieren, wo der Alte sich in Mexiko oder Panama aufhält, wer weiß, ob er rechtzeitig zurück sein wird und ob er die Elfuhrsonne auf dem Chacarita wird ertragen können, der arme Alte, so wird es wohl Alfredo sein, der Liliana begleitet, denn ich glaube nicht, daß sie Mama gehen lassen werden, Alfredo, der Liliana unterfaßt, wobei er trotz seines eigenen Zitterns spürt, wie sie bebt, und ihr leise all das sagt, was ich einst der Frau des dicken Tresa gesagt habe, diese unnützen, notwendigen Worte, die weder Trost noch Lüge sind, nicht einmal zusammenhängende Sätze, ein bloßes Da-sein, was so viel ist.

Auch für sie wird es das Schlimmste sein, nach Haus zurückzukehren; vorher gibt es das Zeremoniell und die Blumen, man hat noch Verbindung zu diesem unfaßlichen Ding voller Beschläge und Goldverzierungen, das Stehenbleiben vor der Gruft, die korrekt vollführte Prozedur des Priesters und der Friedhofsbeamten, aber danach das Mietauto und vor allem das Haus, wieder das Haus betreten und wissen, daß der Tag stagnieren wird ohne Telefon und Klinik, ohne Ramos' Stimme, die Lilianas Hoffnung neue Nahrung gibt, Alfredo wird Kaffee kochen und erzählen, daß es Pocho in seinem Landhaus gefällt, daß er die Ponys mag und mit den Kindern der Landarbeiter spielt, er selbst wird sich um Liliana und Mama kümmern müssen, aber er kennt ja jeden Winkel des Hauses, und sicher wird er nachts schlaflos auf dem Sofa in meinem Arbeitszimmer liegen, wo wir einmal Fernandito gebettet haben, der Opfer eines Pokerspiels geworden war, bei dem er kein einziges Mal gewonnen hatte, nicht zu reden von den fünf Cognacs, die ihn dafür entschädigen sollten. Liliana schläft schon seit vielen Wochen allein, und vielleicht ist die Müdigkeit stärker als sie, Alfredo wird nicht vergessen, Liliana und Mama Beruhigungspillen zu geben, Tante Zulema wird dasein und Kamillen- und Lindenblütentee reichen, und Liliana wird sich langsam in den Schlaf gleiten lassen in dieser Stille des Hauses, das Alfredo sorgfältig abschließen wird, bevor er sich auf dem Sofa ausstreckt und sich noch eine Zigarre anzündet, die er in Mamas Gegenwart nicht zu rauchen wagt, da der Qualm sie husten macht.

Schließlich, und das ist das Gute daran, werden Liliana und Mama nicht ganz allein sein oder diese noch tiefere Einsamkeit empfinden, wenn die entferntere Verwandtschaft das Trauerhaus zu füllen beginnt; Tante Zulema wird dasein, die immer im Obergeschoß gewohnt hat, und Alfredo, der auch immer bei uns war, so unauffällig, als wäre er nicht da, der

Hausfreund mit eigenem Schlüssel; in den ersten Stunden wird es vielleicht weniger schlimm sein, die unwiderrufliche Abwesenheit zu empfinden, als ein Gewirr von Umarmungen und Wortgirlanden erdulden zu müssen, Alfredo wird dafür sorgen, daß man Distanz wahrt, Ramos wird auf einen Sprung vorbeikommen, um nach Mama und Liliana zu sehen, er wird ihnen zu Schlaf verhelfen und Tante Zulema Tabletten dalassen. Irgendwann wird Stille sein im dunklen Haus, man hört gerade nur die Kirchturmuhr oder ein fernes Hupen, denn es ist ein ruhiges Viertel. Es tut gut, sich vorzustellen, daß es so sein wird, daß Liliana, allmählich der Schläfrigkeit nachgebend, sich mit langsamen, katzenhaften Bewegungen ausstrecken wird, eine Hand verloren auf dem von Tränen und Eau de Cologne feuchten Kopfkissen, die andere am Mund, in kindlicher Zuflucht vor dem Schlafen. Es tut gut, sie sich so vorzustellen, Liliana schlafend, Liliana am Ende des schwarzen Tunnels fühlt dunkel, daß das Heute weicht, um Gestern zu werden, daß dieses Licht in den Scheibengardinen nicht mehr dasselbe sein wird, das ihr die Brust zu sprengen drohte, während Tante Zulema die Truhen öffnete, aus denen das Trauerschwarz von Kleidern und Schleiern hervorquoll, das auf dem Bett einen heftigen Weinkrampf auslöste, ein letztes vergebliches Aufbegehren gegen das, was noch kommen mußte. Nun würde das Licht des Fensters früher da sein als irgend jemand, früher als die im Schlaf zerronnenen Erinnerungen, die nur wirr in die letzte Schläfrigkeit dringen. Ganz allein, sich wirklich ganz allein wissend in diesem Bett und in diesem Zimmer, an diesem Tag, der eine andere Richtung nahm, würde Liliana, das Kopfkissen umklammernd, weinen können, ohne daß jemand käme, sie zu beruhigen, man ließe sie sich ausweinen, und erst viel später, wenn ein trügerischer Halbschlaf sie in den zerwühlten Bettüchern zurückhielte, würde sich die Leere des Tages mit Kaffeeduft füllen, Vorhänge würden aufgezogen, da ist Tante Zulema, die Stimme von Pocho, der vom Landhaus aus anruft und von den Sonnenblumen und den Pferden erzählt, von einem Wels, den er nach hartem Kampf geangelt habe, einen Splitter habe er in der Hand, sei aber nicht schlimm, man habe ihm das Mittel von Don Contreras gegeben, das beste in solchen Fällen. Und Alfredo, der mit der Zeitung in der Hand im Wohnzimmer wartet, berichtet, daß Mama gut geschlafen habe und daß um zwölf Ramos kommen werde, er schlägt vor, am Nachmittag Pocho zu besuchen, bei dieser Sonne lohne es, zum Landhaus hinauszufahren, sie könnten diesmal sogar Mama mitnehmen, die Landluft würde ihr guttun, das beste wäre, das ganze Wochenende im Landhaus zu verbringen, und warum nicht alle miteinander, Pocho würde sich freuen, wenn sie auch da wären. Zustimmen oder nicht, das blieb sich gleich, alle wußten das und warteten ab, wie sich die Dinge im Laufe des Morgens entwickeln würden, teilnahmslos beginnt man mit dem Mittagessen oder macht eine Bemerkung über den Textilarbeiterstreik, bittet um noch etwas Kaffee und geht ans Telefon, das man irgendwann wieder hatte anschließen müssen, das Telegramm vom Schwiegervater aus dem Ausland, ein krachender Zusammenstoß an der Ecke, Geschrei und Pfiffe, die Stadt da draußen, halb drei, mit Mama und Alfredo zum Landhaus fahren, denn so ein Splitter in der Hand, bei Kindern kann man nie wissen, Alfredo am Steuer beruhigt sie, Don Contreras ist in solchen Dingen versierter als ein Arzt, die Straßen von Ramos Mejía und die Sonne wie kochender Honig, bis man Zuflucht findet in den großen weißgekalkten Räumen, um fünf der Mate und Pocho mit seinem Wels, der schon zu stinken beginnt, aber wie schön er ist, wie groß, was war das für ein Kampf, ihn aus dem Bach zu ziehen, Mama, fast hätte er mir die Angelschnur durchgebissen, wirklich, kuck mal, was für Zähne. Als blätterte man in einem Album oder sähe einen Film, Bilder und Worte füllen allmählich die Leere, und jetzt können Sie mal sehen, was eine Grillade von Carmen ist, gnädige Frau, leicht bekömmlich und so schmackhaft, dazu Blattsalat und das wär's, mehr ist nicht nötig, bei dieser Hitze ißt man besser wenig, hol das Insektenspray, denn jetzt kommen die Moskitos. Und Alfredo schweigsam, doch da ist Pocho, er klopft Pocho auf die Schulter, bist ein listiger Bursche, ein Meisterangler, morgen gehen wir zusammen, ganz früh, und dann, wer weiß, da hat man mir mal von einem Bauern erzählt, der einen Kaventsmann von zwei Kilo gefangen hat. Hier unter dem Vordach ist es angenehm, Mama kann im Schaukelstuhl ein Nickerchen machen, wenn sie möchte, Don Contreras hatte recht, das an deiner Hand ist schon weg, zeig uns, wie du den kleinen Schecken reitest, schau, Mama, sieh mir zu, wenn ich galoppiere, warum kommst du morgen nicht mit uns angeln, ich zeig's dir, du wirst sehen, am Freitag eine ganz rote Sonne und die kleinen Welse, Wettangeln zwischen Pocho und dem Jungen von Don Contreras, am Mittag der Eintopf, Mama hilft gemächlich, die Maiskolben zu entblättern, und gibt Carmen, deren Tochter diesen hartnäckigen Husten hat, Ratschläge, die Siesta in den kahlen Räumen, die nach Sommer duften, ihre Dunkelheit und die weißen, etwas rauhen Bettücher, die Abenddämmerung unter dem Vordach und das hell flakkernde Feuer gegen die Moskitos, die stets unauffällige Gegenwart Alfredos, diese seine Art, einfach dazusein und sich um Pocho zu kümmern, damit alles behaglich ist, selbst die Stille, die seine Stimme immer im richtigen Augenblick unterbricht, seine Hand, die ein Erfrischungsgetränk reicht, ein Taschentuch, das Radio einschaltet, um die Nachrichten zu hören, die Streiks und Nixon, das war vorherzusehen, was für ein Land.

Das Wochenende ist vorbei, und an Pochos Hand ist von dem Splitter nur noch ein kleines Mal zu sehen, am Montag fuhren sie in aller Frühe, um die Hitze zu meiden, nach Buenos Aires zurück, Alfredo setzte sie zu Hause ab, um den Schwiegervater abzuholen. Auch Ramos war auf dem Flughafen, und so war es Fernandito, der in deren Abwesenheit half, denn es war gut, daß sich noch andere Freunde im Haus befanden. Um neun Acosta mit seiner Tochter, die mit Pocho in der Wohnung von Tante Zulema spielen konnte, alles verläuft gedämpft, geht seinen früheren Gang, wenn auch in anderer Weise, auch für Liliana, die sich zusammennimmt und sich zwingt, mehr an ihre alten Eltern zu denken als an sich selbst, und bei ihnen Alfredo mit Acosta und Fernandito, die allzu direkte Worte vermeiden und sich fast auf die Füße treten, um Liliana behilflich zu sein, um den Alten zu überreden, sich nach einer so langen Reise auszuruhen, einer nach dem anderen verabschiedet sich, nur Alfredo und Tante Zulema bleiben, das Haus ist still, Liliana nimmt willig eine Tablette, läßt sich zu Bett bringen, hat nicht ein einziges Mal schlappgemacht, schläft fast augenblicklich ein, als habe sie eine Aufgabe voll und ganz erfüllt. Morgens das Hinundherrennen von Pocho im Wohnzimmer, das Schlurfen der Pantoffeln des Alten, der erste Anruf, fast immer von Clotilde oder Ramos, Mama klagt über die Hitze oder die Feuchtigkeit, bespricht mit Tante Zulema das Mittagessen, um sechs Alfredo, manchmal der Pincho mit seiner Schwester oder Acosta, damit Pocho mit seiner Tochter spielen kann, die Kollegen aus dem Labor, die Liliana zuredeten, sie müsse wieder arbeiten, solle sich nicht länger im Haus einschließen, ihnen zuliebe, es fehlten Chemiker und Liliana werde dringend gebraucht, und wenn sie nur halbtags käme, bis sie sich wieder munterer fühle; das erste Mal fuhr Alfredo sie hin, Liliana mochte nicht fahren, doch dann wollte sie nicht lästig fallen und fuhr allein, nachmittags ging sie manchmal mit Pocho in den Zoo oder ins Kino, im Labor waren sie ihr dankbar, daß sie ihnen bei der Herstellung des neuen Impfstoffes half, im Küstengebiet war eine Epidemie ausgebrochen, man arbeitet bis spät, es macht ihr Spaß, das ganze Team im Wettlauf gegen die Zeit, zwanzig Kartons mit Ampullen nach Rosario, und das schafften wir, eine harte Arbeit, Pocho in der Schule, und Alfredo protestiert, den Kindern bringen sie das Rechnen heute anders bei, wenn er mich was fragt, bin ich völlig verdattert, und die Alten beim Domino, zu unserer Zeit war alles anders, Alfredo, uns lehrte man noch Schönschreiben, sehen Sie sich nur mal die Schrift dieses Jungen an, wohin soll das noch führen. Eine stille Wohltat, Liliana anzusehen, die verloren auf dem Sofa sitzt, ein kurzer Blick über die Zeitung hinweg und sie lächeln sehen, stumme Komplizin, gibt den beiden Alten recht, lächelt ihm von ferne zu, fast wie ein kleines Mädchen. Aber zum ersten Mal ein wirkliches Lächeln, von innen kommend, wie als sie mit Pocho, der sich in der Schule gebessert hatte, in den Zirkus gingen, ihm ein Eis spendierten oder eine Hafenrundfahrt mit ihm machten. Es begann sehr kalt zu werden, Alfredo kam seltener, denn es gab Probleme mit der Gewerkschaft, und er mußte in mehrere Provinzen fahren, manchmal kam Acosta mit seiner Tochter und sonntags der Pincho und Fernandito, war ja nicht mehr so wichtig, jeder hatte soviel zu tun, und die Tage waren so kurz, Liliana kam spät aus dem Labor und half Pocho, der verloren über Dezimalrechnungen und dem Stromgebiet des Amazonas saß, doch schließlich und immer wieder Alfredo, kleine Geschenke für die Alten, dieser Friede, der keines Wortes bedurfte, mit Alfredo spätabends am Kaminfeuer zu sitzen und mit gedämpfter Stimme über die Probleme des Landes zu sprechen, über Mamas Gesundheit, wobei Alfredo seine Hand auf Lilianas Arm legt, du überanstrengst dich, siehst nicht gut aus, ihr dankbares verneinendes Lächeln, werden dieser Tage ins Landhaus fahren, diese Kälte kann nicht ewig dauern, nichts konnte ewig dauern, auch wenn Liliana langsam ihren Arm zurückziehen und die Zigaretten auf dem Tischchen suchen würde, Worte fast ohne Bedeutung, die Augen begegnen sich in anderer Weise und seine Hand gleitet erneut über ihren Arm, ihre Köpfe lehnen sich aneinander, langes Schweigen, und der Kuß auf die Wange.

Da gab es nichts weiter zu sagen, es war geschehen, da gab es nichts weiter zu sagen. Er beugte sich vor, um ihr die Zigarette anzuzünden, die ihr zwischen den Fingern zitterte, und wartete einfach, schweigend, vielleicht wußte er, daß es keine Worte geben würde, daß Liliana angestrengt den Rauch einatmen und ihn mit einem Seufzer wieder ausstoßen würde, daß sie zu schluchzen anfangen würde, noch aus einer anderen Zeit heraus, ohne ihr Gesicht von dem Alfredos zu lösen, ohne sich zu verweigern, still vor sich hin weinend, jetzt nur noch für ihn, aus all dem anderen heraus, was er verstehen würde. Überflüssig, Dinge zu sagen, die nicht erwähnt zu werden brauchten, daß Liliana weinte, bedeutete ein Ende, das Ufer, an dem eine andere Art zu leben beginnen würde. Wenn sie zu trösten, ihr den Frieden wiederzugeben so einfach gewesen wäre, wie das zu schreiben, mit Worten, die sich in einem Heft aneinanderreihen wie gefrorene Sekunden, kleine Skizzen der Zeit, die einem helfen, den endlosen Nachmittag zu überstehen, wenn es nur das wäre, aber die Nacht kommt und auch Ramos, das ungläubige Gesicht von Ramos, der sich die Analysen, die gerade fertig geworden sind, betrachtet, meinen Puls sucht, plötzlich ein anderer ist, unfähig, sich zu verstellen, mir die Bettücher wegzieht, um meinen nackten Körper zu betrachten, mir die Seite abtastet, während er der Schwester eine mir unverständliche Anweisung gibt, ein langsames, ungläubiges Erkennen, woran ich wie von fern teilhabe, fast belustigt, da ich weiß, daß es nicht sein kann, daß Ramos sich irrt und daß es nicht wahr ist, nur das andere ist wahr, die Frist, die er mir nicht verschwiegen hatte, und Ramos' Lachen, seine Art mich abzutasten, als könne er es nicht glauben, seine absurde Hoffnung, das wird mir niemand glauben, mein Lieber, und ich zwinge mich zuzugeben, daß es vielleicht so ist, daß vielleicht doch, wer weiß, sehe Ramos an, der sich aufrichtet und wieder lacht und Anweisungen gibt mit einer Stimme, die ich bei ihm nie gehört habe in diesem Halbdunkel und dieser Benommenheit, ich muß mich langsam davon überzeugen, daß doch, daß ich ihn dann bitten muß, sobald die Schwester gegangen ist, werde ich ihn bitten müssen, noch ein wenig zu warten, wenigstens zu warten, bis es Tag ist, bevor er es Liliana sagt, bevor er sie aus diesem Schlaf reißt, wo sie zum ersten Mal nicht mehr allein ist, aus diesen Armen, die sie umschlungen halten, während sie schläft.

Nun ich das niederschreibe, muß ich denken, daß es für andere vielleicht das Roulett oder der Turf gewesen wäre, doch nicht hinter Geld war ich her, irgendwann hatte ich das Gefühl, hatte ich beschlossen, daß eine Fensterscheibe in der Metro mir die Antwort geben, zu der glücklichen Begegnung führen könnte, gerade dort, wo alles unter dem Zeichen der unerbittlichsten Trennung geschieht, in einer Zeit unter der Erde, die von einer Strecke zwischen Stationen vorgezeichnet und begrenzt ist, ein für allemal unter der Erde. Ich sage Trennung, um diese Hoffnung besser zu verstehen (ich sollte so vieles verstehen, seit ich begonnen habe, das Spiel zu spielen), diese Hoffnung auf eine Übereinstimmung, die mir vielleicht aus der Spiegelung in einer Fensterscheibe winken würde. Die Trennung überwinden, welche die Leute gar nicht zu merken scheinen, doch wer weiß, was diese abgekämpften Leute denken, die in die Metrowagen einsteigen oder sie verlassen, was sie, außer befördert zu werden, noch wollen, diese Leute, die vor oder nach einem einsteigen, um nach oder vor einem wieder auszusteigen, die nur an einer Stelle des Wagens sich begegnen, wo alles schon von vornherein entschieden ist und keiner wissen kann, ob wir gleichzeitig aussteigen werden, ob ich zuerst aussteige oder dieser hagere Mann mit der Papierrolle unter dem Arm, ob diese grüngekleidete alte Frau bis zur Endstation fahren wird, ob diese Kinder jetzt aussteigen werden, ja doch, sie werden aussteigen, denn sie nehmen ihre Hefte und Lineale an sich, gehen lachend und albernd zur Tür, während dort in der Ecke ein Mädchen es sich bequem macht, um noch viele Stationen auf dem endlich frei gewordenen Platz zu sitzen, aber bei diesem anderen Mädchen ist es nicht vorauszusehen, bei Ana war es nicht vorauszusehen, sie saß sehr gerade auf dem Sitz am Fenster, sie saß dort schon, als ich an der Station Etienne Marcel einstieg und ein Farbiger von dem Platz ihr gegenüber aufstand und anscheinend niemand sich setzen wollte und ich, ein Pardon murmelnd, zwischen den Knien der Fahrgäste auf den Gangsitzen hindurchglitt und mich Ana gegenübersetzte; fast gleich darauf – denn ich war in die Metro hinabgestiegen, um das Spiel ein weiteres Mal zu spielen – suchte ich Margrits Profil in der Spiegelung der Fensterscheibe und fand, daß sie hübsch war, daß mir ihr schwarzes Haar mit dieser Art kurzem Flügel, der ihr schräg in die Stirn hing, gefiel.

Man meine nicht, daß mir die Namen Margrit und Ana hinterher einfielen, oder daß sie mir jetzt beim Schreiben nur dazu dienen, zwischen den beiden Mädchen zu unterscheiden, so etwas ergab sich sofort und durch das Spiel selbst, ich will damit sagen, daß das Spiegelbild in der Fensterscheibe auf keinen Fall Ana heißen konnte, so wie das Mädchen, das mir gegenübersaß, auch nicht Margrit heißen konnte, es saß mir gegenüber, ohne mich anzusehen, der Blick verloren in die Öde dieser Zwischenzeit, wo jeder eine Sphäre zu erforschen scheint, die nicht seine unmittelbare Umgebung ist, ausgenommen die Kinder, die die Dinge direkt und unverwandt anblicken, bis zu dem Tag, da man sie lehrt, sich auch ihrerseits in Zwischenräumen aufzuhalten, zu blicken, ohne zu sehen, höflich all das zu ignorieren, was einen umgibt, jeden Kontakt zu vermeiden, ein jeder in seiner Luftblase, in Parenthese gesetzt, darauf bedacht, sich den kleinsten Freiraum zwischen fremden Knien und Ellbogen zu bewahren, Zuflucht nehmend zu *France-Soir* oder zu einem Taschenbuch, auch wenn fast immer einige Blicke, wie der Blick Anas, in die Leere zwischen den wirklich betrachtbaren Dingen gerichtet sind, in dieses neutrale, stupide Vakuum zwischen meinem Gesicht und dem des Mannes, der in den *Figaro* vertieft ist. Aber dann Margrit, denn wenn ich etwas vorhersehen konnte, so dies, daß Ana sich irgendwann geistesabwesend zum Fenster wenden würde, und dann würde Margrit mein Spiegelbild sehen, unsere Blicke würden sich inmitten der Spiegelbilder dieser Fensterscheibe begegnen, die die

Dunkelheit des Tunnels mit ihrem sanften Belag überzieht, mit ihrem dunkelvioletten, dahingleitenden Samt, der den Gesichtern ein Leben in anderen Sphären gibt, ihnen diese schreckliche kreidige Maske nimmt, die von der Beleuchtung des Wagens herrührt, und vor allem, o ja, du kannst es nicht leugnen, Margrit, der sie dieses andere Gesicht in der Fensterscheibe wirklich sehen läßt, denn im Moment des doppelten Blicks gibt es keine Kontrolle, mein Spiegelbild in der Fensterscheibe war nicht der Mann, der Ana gegenübersaß und den Ana in einem Metrowagen nicht ungeniert anblicken durfte, und außerdem war die, die mein Spiegelbild betrachtete, nicht mehr Ana, sondern Margrit, in dem Moment, als Ana rasch ihren Blick von dem Mann, der ihr gegenübersaß, abwandte, weil es sich nicht schickte, ihn anzusehen, und als sie sich der Fensterscheibe zuwandte, erblickte sie mein Spiegelbild, das auf diesen Augenblick gewartet hatte, um sie leicht anzulächeln, weder unverschämt noch erwartungsvoll, sobald Margrits Blick wie ein Vogel in den seinen stürze. Dies muß eine Sekunde gedauert haben, vielleicht auch etwas länger, denn ich spürte, daß Margrit dieses Lächeln bemerkt hatte, das Ana mißbilligte, wenn auch nur dadurch, daß sie den Kopf senkte und vage den Verschluß ihrer Handtasche aus rotem Leder prüfte; es gehörte sich fast, weiter zu lächeln, auch wenn Margrit mich nicht mehr ansah, denn irgendwie bestärkte Anas Verhalten mein Lächeln, sie spürte es noch, und es war nicht nötig, daß sie oder Margrit mich ansahen, beide eifrig damit beschäftigt, den Verschluß der roten Handtasche zu prüfen.

Wie schon bei Paula (bei Ophelia) und so vielen anderen, die sich damit beschäftigt hatten, einen Verschluß, einen Knopf, den Falz einer Zeitschrift zu untersuchen, war da wieder einmal die Grube, wo in einem erbarmungslosen Kribbeln von Spinnen die Hoffnung der Angst ins Netz geht, wo die Zeit wie ein zweites Herz im Puls des Spiels zu pochen beginnt; von diesem Augenblick an entschied jede Metrostation auf ihre Weise über die Zukunft, denn das Spiel wollte es so; Margrits Blick und mein Lächeln, Anas jäher Rückzug zu ihrem Taschenverschluß waren der Anfang eines Rituals, das ich irgendwann wider alle Vernunft auszuführen begonnen hatte, da mir die schlimmsten Fehlschläge lieber waren als die stupiden Verkettungen alltäglicher Kausalität. Es zu erklären ist nicht schwierig, aber es zu spielen hatte viel von einem blinden Kampf, von einem zitternden, kolloidalen Schwebezustand, wo jede Fahrtrichtung ein Baum mit unvorhersehbaren Verzweigungen war. Ein Plan der Pariser Metro bildet mit seinem mondrianesken Skelett, seinen roten, gelben, blauen und schwarzen Verästelungen, eine weite, wenn auch begrenzte Fläche mit ausgestreckten Fühlern, und dieser Baum ist zwanzig von vierundzwanzig Stunden hindurch lebendig, ein Saft quält sich durch ihn hindurch mit genauem Ziel, er fließt in Châtelet hinab oder steigt in Vaugirard auf, fließt am Odéon hinüber nach La Motte-Picquet, zweihundert, dreihundert, wer weiß wie viele mögliche Verbindungen, damit jede Zelle, kodifiziert und programmiert, in einen Abschnitt des Baums Eingang findet und an einem anderen wieder zutage tritt, sie kommt zum Beispiel aus den Galeries Lafayette und gibt ein Paket Handtücher oder eine Lampe in einem dritten Stock in der Rue Gay-Lussac ab.

Meine Spielregel war wahnsinnig einfach, war schön, stupide und tyrannisch; wenn mir eine Frau gefiel, wenn mir eine Frau, die mir gegenübersaß, gefiel, wenn mir eine Frau, die mir gegenüber am Fenster saß, gefiel, wenn der Blick ihres Spiegelbilds im Fenster dem Blick meines Spiegelbilds im Fenster begegnete, wenn mein Lächeln im Spiegelbild des Fensters das Spiegelbild der Frau im Fenster verwirrte oder ihm gefiel oder ihm mißfiel, wenn Margrit mich lächeln sah und Ana den Kopf senkte und eingehend den Verschluß ihrer roten Tasche untersuchte, dann lief das Spiel, ganz gleich, ob mein Lächeln beachtet, erwidert oder ignoriert wurde, die erste Phase des Rituals war damit abgeschlossen: ein Lächeln, das von der Frau, die es verdient hatte, registriert wurde. Dann begann der Kampf in der Grube, kribbelten die Spinnen im Magen, hangelte sich die Hoffnung von Station zu Station. Ich erinnere mich, wieso ich mich an diesen Tag erinnert habe: jetzt waren es Margrit und Ana, aber vor einer Woche waren es Paula und Ophelia gewesen, das blonde Mädchen war an einer der übelsten Stationen ausgestiegen, Montparnasse-Bienvenue, die ihren stinkenden Rachen den größten Möglichkeiten des Scheiterns öffnet. Ich wollte in die Linie Porte de Vanves umsteigen, und schon im ersten Durchgang war mir klar, daß Paula (daß Ophelia) in den Gang einbiegen würde, der zur Linie Mairie d'Issy führt. Da war nichts zu machen, ich konnte sie nur ein letztes Mal an der Kreuzung der Gänge anschauen, zusehen, wie sie sich entfernte, eine Treppe hinunterging. Die Spielregel war folgende: ein Lächeln in der Fensterscheibe und das Recht, einer Frau zu folgen und verzweifelt zu hoffen, daß sie in dieselbe Linie umsteigen werde, für die ich mich vor jeder Fahrt entschieden hatte; und dann – bis jetzt jedesmal – mußte ich sehen, wie sie in einen anderen Gang einbog, so daß ich ihr nicht folgen konnte, mich genötigt sah, in die Oberwelt zurückzukehren und ein Café zu betreten und weiterzuleben, bis allmählich, nach Stunden oder Tagen oder Wochen, das Verlangen von neuem die Möglichkeit erheischt, daß einmal alles zusammentrifft, eine Frau, die Fensterscheibe, ein akzeptiertes oder zurückgewiesenes Lächeln, Umsteigestationen und Anschlüsse, und dann, ja dann endlich das Recht, mich ihr zu nähern und das erste Wort zu sagen, zäh von stockender Zeit, vom endlosen Hader mit den kribbelnden Spinnen in der Tiefe der Grube.

Jetzt fuhren wir in die Station Saint-Sulpice ein, neben mir stand jemand auf und ging, auch Ana blieb allein mir gegenüber, sie hatte ihren Blick von der Tasche gelöst, und ein- oder zweimal streiften mich geistesabwesend ihre Augen, bevor sie sich in die Reklame des Kurorts vertieften, die in allen vier Ecken des Wagens angebracht war. Margrit hatte mich in der Fensterscheibe nicht noch einmal angesehen, aber das war ein Beweis für den Kontakt, für sein geheimes

Pochen; vielleicht war Ana schüchtern, oder sie fand es einfach widersinnig, auf das Spiegelbild dieses Gesichts einzugehen, das doch nur wieder Margrit anlächeln würde; und in Saint-Sulpice anzukommen war wichtig, weil von den acht Stationen bis zum Ende der Strecke an der Porte d'Orléans nur drei Anschluß an andere Linien hatten, und nur wenn Ana an einer dieser drei Stationen ausstiege, ergäbe sich für mich die Möglichkeit eines Zusammentreffens; als der Zug bei der Einfahrt in Saint-Placide zu bremsen begann, blickte ich unverwandt Margrit an, suchte ihre Augen, die Ana weiterhin sanft auf den Dingen im Wagen ruhen ließ, als wollte sie damit sagen, daß Margrit mich nicht mehr ansehen würde, daß es unnütz war, zu hoffen, sie werde noch einmal das Spiegelbild anschauen, das auf sie wartete, um sie anzulächeln.

Sie stieg nicht in Saint-Placide aus, das wußte ich noch bevor der Zug zu bremsen begann, denn die Fahrgäste machen sich immer irgendwie zum Aussteigen bereit, besonders Frauen, nervös vergewissern sie sich ihrer Pakete, machen den Gürtel ihres Mantels zu oder blicken zur Seite, wenn sie aufstehen, meiden die Berührung von Knien in dem Augenblick, da durch die plötzlich herabgeminderte Geschwindigkeit die Körper ihren Halt verlieren und aneinanderstoßen. Anas Blick glitt über die Reklame auf der Station, das Gesicht Margrits verschwamm bei dem Licht des Bahnsteigs, und ich konnte nicht feststellen, ob sie mich noch einmal angeblickt hatte; auch mein Spiegelbild wäre nicht zu sehen gewesen bei dieser Flut von Neonlicht und Leuchtreklame, bei den vielen Leuten, die ein- und ausstiegen. Wenn Ana in Montparnasse-Bienvenue ausstiege, wären meine Aussichten höchst gering; wie sollte ich mich dort nicht an Paula (an Ophelia) erinnern, wo vier Umsteige-Möglichkeiten meine Chancen verminderten; trotzdem war ich mir an dem Tag mit Paula (mit Ophelia) absurderweise sicher gewesen, daß wir uns treffen würden, bis zum letzten Augenblick hatte ich in drei Meter Abstand diese langsam gehende blonde Frau verfolgt, die wie in trockenes Laub gekleidet war, und daß sie dann nach rechts abbog, war wie ein Peitschenhieb ins Gesicht. Deshalb durfte es mit Margrit nicht so sein, deshalb diese Angst, es könnte mir in Montparnasse-Bienvenue schrecklicherweise das gleiche passieren; die Erinnerung an Paula (an Ophelia), die Spinnen in der Grube wider die schwache Hoffnung, daß Ana (daß Margrit). Aber die Naivität, die uns am Leben erhält, ist stärker, denn sofort sagte ich mir, daß vielleicht Ana (daß vielleicht Margrit) nicht in Montparnasse-Bienvenue aussteigen würde, sondern an einer der anderen Stationen, und daß sie vielleicht nicht an den Zwischenstationen aussteigen würde, wo ich ihr nicht folgen durfte; daß Ana (daß Margrit) nicht in Montparnasse-Bienvenue aussteigen würde (sie stieg nicht aus) und nicht in Vavin (sie stieg auch dort nicht aus), aber daß sie vielleicht in Raspail aussteigen würde, der ersten der beiden letzten Umsteige-Stationen; und als sie wieder nicht ausstieg und mir klar war, daß von den drei letzten Stationen nur noch eine blieb, wo ich ihr folgen könnte, suchte ich noch einmal Margrits Augen in der Fensterscheibe, ich rief sie mit einem Schweigen und einer Reglosigkeit, die sie wie eine Lockung, wie eine Welle hätten erreichen müssen, ich lächelte sie an mit einem Lächeln, das Ana nicht mehr ignorieren konnte, das Margrit hinnehmen mußte, auch wenn sie mein Spiegelbild nicht ansah, das von den Lichtern des in Denfert-Rochereau einmündenden Tunnels gestriemt wurde. Vielleicht hatte der erste Bremsstoß die rote Handtasche auf Anas Schoß erzittern lassen, vielleicht war es nur verdrießliche Langeweile, die ihre Hand an die schwarze Haarsträhne über der Stirn führte; in diesen drei, vier Sekunden, bis der Zug am Bahnsteig zum Stehen kam, schlugen die Spinnen ihre Krallen in die Haut der Grube, um mich wieder einmal von innen zu besiegen; als Ana sich mit einer einzigen, geschmeidigen Bewegung ihres Körpers aufrichtete, als ich sie von hinten zwischen den Fahrgästen sah, suchte ich, glaube ich, unsinnigerweise immer noch Margrits Gesicht in der von Lichtern und raschen Bewegungen erblindeten Fensterscheibe. Ich stand auf und folgte ihr, fast ohne zu wissen, was ich tat, ein passiver Schatten dieses Körpers, der auf den Bahnsteig hinausging, bis ich mir bewußt wurde, was kommen würde, die doppelte, endgültige Wahl, die unwiderruflich getroffen würde.

Ich denke, es ist klar: Ana (Margrit) würde einen Weg einschlagen, den sie täglich oder gelegentlich ging, während ich, bevor ich in die Metro hinabgestiegen war, beschlossen hatte, sollte eine Frau auf mein Spiel eingehen und in Denfert-Rochereau aussteigen, dann würde ich in die Linie Nation–Étoile umsteigen, und desgleichen, wäre Ana (wäre Margrit) in Châtelet ausgestiegen, daß ich ihr nur dann hätte folgen können, wenn sie in die Linie Vincennes–Neuilly umgestiegen wäre. In der letzten Phase des Rituals wäre das Spiel verloren, wenn Ana (wenn Margrit) in die Ligne de Sceaux umstiege oder direkt auf den Ausgang zuginge. Das Spiel konnte sehr schnell verloren sein, weil es auf dieser Station nicht die endlosen Gänge gab wie auf anderen und die Treppen im Nu zum Bestimmungsort führten, ein Terminus des Transportwesens, der das Wort Bestimmung in sich schließt. Ich sah, wie sie zwischen den Leuten dahinging, ihre rote Handtasche pendelte wie ein Spielzeug, ich sah sie den Kopf heben und die Schilder lesen, einen Augenblick zögern und sich dann nach links wenden, und links war der Ausgang zur Straße.

Ich weiß nicht, wie ich's sagen soll, die Spinnen bissen mich gar zu sehr, im ersten Augenblick war mein Verhalten nicht ungehörig, ich folgte ihr einfach nur, um mich dann vielleicht damit abzufinden, daß sie dort oben den Weg einschlug, den sie gehen wollte; mitten auf der Treppe wurde mir klar, daß das unmöglich war, daß die einzige Möglichkeit, die Spinnen zu töten, vielleicht die war, dies eine Mal das Gesetz, den Code zu mißachten. Der Krampf, der mich in der Sekunde befallen hatte, als Ana (als Margrit) die verbotene Treppe hinaufzugehen begann, wich plötzlich einer tragen Mattigkeit, ich war Golem, der langsam die Stufen nahm; ich wollte nicht denken, es genügte mir zu wissen, daß ich ihr mit den Blicken folgte, daß die rote Handtasche zur Straße hinaufstieg, daß ihr schwarzes Haar auf den Schultern bei jedem Schritt wippte. Es wurde schon dunkel, die Luft war eisig, zwischen Windstößen und Sprühregen ein paar Schneeflokken; ich weiß, daß Ana (daß Margrit) keine Angst hatte, als ich neben ihr ging und zu ihr sagte: »Es darf nicht sein, daß wir auseinandergehen, noch bevor wir uns begegnet sind.« Später im Café war da nur noch Ana, während das Spiegelbild Margrit angesichts der Wirklichkeit von Cinzano und Worten verblaßte; sie sagte mir, daß sie nichts verstehe, sie heiße Marie-Claude, mein Lächeln in der Spiegelung habe ihr zugesetzt, fast wäre sie aufgestanden und hätte sich woanders hingesetzt, sie habe nicht bemerkt, daß ich ihr folgte, und auf der Straße habe sie merkwürdigerweise keine Angst gehabt, und sie blickte mir dabei in die Augen, trank ihren Cinzano, lächelte, ohne sich des Lächelns zu schämen, ohne sich zu schämen, daß sie fast sofort akzeptiert hatte, daß ich sie auf offener Straße angesprochen habe. In diesem Augenblick des Glücks, als würde man von einer Woge getragen oder als tänzle man eine Pappelallee entlang, konnte ich ihr nicht erklären, was sie für eine Verrücktheit oder eine Manie gehalten hätte, was es ja auch war, aber einem anderen Leben angehörig; ich sprach ihr von ihrer Haarsträhne, von ihrer roten Handtasche, von ihrer Art, wie sie die Reklame des Kurorts betrachtet hatte, sagte ihr, daß ich ihr weder aus Donjuanismus noch aus Langeweile zugelächelt hatte, sondern um ihr eine Blume zu schenken, die ich nicht hatte, als Zeichen, daß sie mir gefalle, daß es mir wohltat, in der Metro ihr gegenüberzusitzen, daß noch eine Zigarette und noch einen Cinzano. Keinen Augenblick ergingen wir uns in Phrasen, wir unterhielten uns, als kennten wir einander bereits und verstünden uns, sahen uns an, ohne uns zu nahe zu treten; ich glaube, Marie-Claude ließ mich ihr näherkommen, in ihrer Nähe sein, so wie vielleicht Margrit mein Lächeln in der Fensterscheibe erwidert hätte, wenn es keine

Normen gegeben hätte, dies du mußt nicht antworten, wenn du auf der Straße angesprochen wirst oder wenn man dir Bonbons anbietet und dich ins Kino einlädt, Marie-Claude, von meinem Lächeln für Margrit schließlich befreit, Marie-Claude hatte auf der Straße und im Café sogar gedacht, daß es ein gutes Lächeln war, daß der Unbekannte von da unten Margrit nicht angelächelt hatte, weil er auf eine Eroberung aus war, und daß meine absurde Art, sie anzusprechen, die einzig verständliche war, der einzige Grund, weshalb sie ja gesagt hatte, daß wir in einem Café ein Gläschen trinken und miteinander plaudern könnten.

Ich erinnere mich nicht, was ich ihr von mir erzählt haben konnte, vielleicht alles, nur nichts von dem Spiel, also sehr wenig; irgendwann lachten wir, einer von uns hatte den ersten Scherz gemacht, wir stellten fest, daß wir dieselben Zigaretten und Cathérine Deneuve mochten, sie ließ sich von mir bis zu ihrer Haustür begleiten, sie reichte mir ungeniert die Hand und war einverstanden, daß wir uns am Dienstag in demselben Café zur gleichen Stunde wiedersähen. Ich nahm ein Taxi, um in mein Viertel zurückzufahren, zum ersten Mal war ich in mir selbst wie in einem unbegreiflichen, fremden Land, mußte mir immer wieder sagen, daß wirklich, daß Marie-Claude, daß Denfert-Rochereau, und kniff die Augen zusammen, um besser ihr schwarzes Haar vor mir zu sehen, ihre Art, den Kopf zur Seite zu neigen, bevor sie sprach oder lächelte. Wir waren beide pünktlich und unterhielten uns über Filme, über unsere Arbeit; über Politik waren wir in einigen Punkten verschiedener Meinung, sie akzeptierte mich weiterhin, als genüge ihr wunderbarerweise dieses unbegründete Zusammensein; sie schien sich nicht einmal klarzumachen, daß irgendein Dummkopf sie für leichtsinnig oder töricht hätte halten können, aber sie vermerkte mit Dankbarkeit, daß ich nicht versuchte, mich im Café neben sie auf dieselbe Bank zu setzen, daß ich ihr in der Rue Froidevaux als erste Geste der Intimität nicht den Arm um die Schulter legte und daß ich, obgleich ich wußte, daß sie fast allein lebte – in der Wohnung im vierten Stock nur noch eine jüngere Schwester, die oft nicht da war –, sie nicht bat, mit hinaufkommen zu dürfen. Was sie nicht ahnen konnte, waren die Spinnen, wir hatten uns drei- oder viermal getroffen, ohne daß sie mich bissen, unbeweglich warteten sie in der Grube auf den Tag, an dem es mir bewußt werden würde, als wäre es mir nicht schon die ganze Zeit bewußt gewesen, aber da waren die Dienstage, wenn ich das Café betrat und dachte, daß Marie-Claude bereits dort sei, oder wenn ich sie behenden Schritts eintreten sah, die unwissentlich gegen die wiedererwachten Spinnen gekämpft hatte, gegen die Verletzung der Spielregeln, die nur sie rechtfertigen konnte, einfach dadurch, daß sie mir kurz ihre warme Hand gab, einfach durch diese Haarsträhne, die ihr in die Stirn fiel. Irgendwann mußte sie es merken, sie blickte mich schweigend, abwartend an; ausgeschlossen, daß sie mir die Anstrengung nicht ansah, die Frist zu verlängern, nicht zuzulassen, daß die Spinnen sich allmählich wieder bemerkbar machten, trotz Marie-Claude, wider Marie-Claude, die nicht verstehen konnte, die mich immerfort schweigend und abwartend ansah; trinken und rauchen und mit ihr reden, auf diese Weise die angenehme Zwischenzeit ohne Spinnen bis zuletzt verteidigen, von ihrem einfachen, wohlgeordneten Leben erfahren, von ihrer studierenden Schwester, von ihren Allergien, mich so sehr nach dieser schwarzen Haarsträhne sehnen, die ihr in die Stirn fiel, mich nach ihr sehnen wie nach einem Ziel, wie nach der wirklich letzten Station der letzten Metro des Lebens, und dann die Grube, die Distanz zwischen meinem Stuhl und dieser Sitzbank, auf der wir uns hätten küssen können, wo mein Mund zum ersten Mal Marie-Claudes Duft geschlürft hätte, bevor wir umschlungen zu ihr nach Hause gegangen, diese Treppe hinaufgestiegen wären, uns endlich aller Kleider und allen Wartens entledigt hätten.

Da sagte ich es ihr, ich erinnere mich, es war an der Friedhofsmauer, Marie-Claude hatte sich an sie gelehnt und ließ mich reden, ihr Gesicht in das warme Moos ihres

Mantels vergraben, wer weiß, ob meine Stimme mit all ihren Worten sie erreichte, ob sie überhaupt begriff; ich sagte ihr alles, erklärte ihr jedes Detail des Spiels, sprach ihr von der Unwahrscheinlichkeit, die schon von so vielen Paulas (von so vielen Ophelias), die am Ende eines Ganges verschwanden, bestätigt worden war, und von den Spinnen zum Schluß. Sie weinte, ich spürte, wie sie zitterte, obgleich sie mich weiterhin beschützte, mich mit ihrem ganzen Körper, der an der Mauer der Toten lehnte, stützte; sie fragte mich nichts, wollte nicht wissen, warum und seit wann, es fiel ihr nicht ein, gegen einen Mechanismus anzukämpfen, der sich in einem ganzen Leben, gegen es selbst, gegen die Stadt und ihre Vorschriften, entwickelt hatte, sie wimmerte nur, wie ein verwundetes kleines Tier, widersetzte sich kraftlos dem Triumph des Spiels, dem wütigen Tanz der Spinnen in der Grube.

Vor ihrer Haustür sagte ich ihr, daß nicht alles verloren sei, daß es von uns beiden abhänge, zu versuchen, uns auf legitime Weise zu begegnen; sie kannte die Spielregeln jetzt, vielleicht würden sie für uns von Vorteil sein, da wir ja nichts anderes tun würden, als uns gegenseitig zu suchen. Sie sagte, sie könnte um vierzehn Tage Urlaub bitten, umherfahren und ein Buch bei sich haben, damit das Klima in der Unterwelt weniger drückend und feindlich wäre, von einer Umsteigestation zur anderen fahren und, während sie auf mich wartete, lesen oder die Reklame betrachten. Wir wollten nicht an die Unwahrscheinlichkeit der Begegnung denken, auch nicht daran, daß wir uns zufällig in einem Metrowagen treffen würden, denn das genügte nicht, diesmal dürften wir gegen die Regeln nicht verstoßen; ich bat sie, an nichts zu denken, sondern einfach die Metro fahren zu lassen und während dieser zwei Wochen, in denen ich sie suchen würde, nicht zu weinen; ohne daß wir das sagen mußten, war klar, daß, wenn die Frist abliefe und wir uns nicht wiedergesehen hätten oder uns nur so lange sähen, bis zwei verschiedene Gänge uns trennten, es keinen Sinn mehr hätte, in das Café und zu ihrer Haustür zurückzukehren. Am Fuße dieser Treppe, die in einem orangefarbenen Licht sanft nach oben führte, hinauf zu dem Bild Marie-Claudes in ihrer Wohnung, von ihren Möbeln umgeben, nackt und schlafend, am Fuße dieser Treppe küßte ich sie aufs Haar und streichelte ihr die Hände; sie suchte nicht meinen Mund, sie löste sich von mir, und ich sah sie von hinten, wie sie eine dieser vielen Treppen hinaufstieg, die sie mir entführten, ohne daß ich ihr folgen durfte; ich ging zu Fuß nach Hause, ohne Spinnen, leer und geläutert für das neue Warten; jetzt konnten sie mir nichts mehr anhaben, das Spiel begann von neuem, wie so oft schon, aber nun allein mit Marie-Claude, Montagmorgen stieg ich hinunter zur Station Couronnes, und mitten in der Nacht kam ich in Max-Dormoy wieder herauf, Dienstag stieg ich in Crimée ein, Mittwoch in Philippe-Auguste, genau nach der Spielregel, fünfzehn Stationen, von denen vier die Möglichkeit zum Umsteigen boten, und auf der ersten dieser vier Stationen hatte ich die Linie Sèvres–Montreuil zu nehmen, auf der zweiten mußte ich in die Linie Clichy–Porte Dauphine umsteigen, keine der Routen hatte ich aus einem bestimmten Grund gewählt, denn es konnte gar keinen geben; vielleicht war Marie-Claude in der Nähe ihrer Wohnung eingestiegen, in Denfert-Rochereau oder in Corvisart, dann würde sie in Pasteur umsteigen und nach Falguière weiterfahren, der mondrianeske Baum mit all seinen dürren Zweigen, das Risiko der roten, blauen, weißen, gepunkteten Versuchungen; Donnerstag, Freitag, Sonnabend. Auf irgendeinem Bahnsteig die Züge einfahren sehen, die sieben oder acht Wagen, wobei ich mir erlaube, hineinzusehen, während sie immer langsamer werden, bis ans Ende eilen und in einen Wagen steigen, in dem Marie-Claude nicht ist, an der nächsten Station aussteigen und auf einen anderen Zug warten, eine Station weiterfahren und eine andere Linie nehmen, die Züge ankommen sehen, ohne Marie-Claude, einen oder zwei vorbeifahren lassen, in den dritten einsteigen, bis zur Endstation fahren, dann zurück zu einer Station, wo ich in eine andere Linie umsteigen kann, beschließen, nur noch jeden vierten Zug zu nehmen, die Suche aufgeben und zum Essen hinaufsteigen, fast gleich danach mit einer bitteren Zigarette zurückkehren und mich auf eine Bank setzen, bis zum zweiten, bis zum fünften Zug. Montag, Dienstag, Mittwoch, Donnerstag, ohne Spinnen, denn ich wartete noch, denn ich warte noch auf dieser Bank in der Station Chemin-Vert mit diesem Notizbuch, in das eine Hand etwas schreibt, um sich eine Zeit zu erfinden, die nicht nur dieser endlose Windstoß ist, der mich auf den Sonnabend zu treibt, da vielleicht alles zu Ende sein wird, da ich wieder allein sein und spüren werde, wie sie erwachen und beißen, wie ihre wütenden Zangen ein neues Spiel von mir verlangen, neue Marie-Claudes, neue Paulas, die Wiederholung nach jedem Scheitern, den krebsartigen Neubeginn. Aber es ist Donnerstag, es ist die Station Chemin-Vert, draußen wird es Nacht, noch kann ich mir alles mögliche vorstellen, ich halte es sogar für gar nicht so unwahrscheinlich, daß im zweiten Zug, im vierten Wagen Marie-Claude auf einem Fensterplatz sitzt, daß sie mich erblickt und sich mit einem Schrei aufrichtet, den niemand außer mir hören kann und den ich mit dem ganzen Gesicht höre, in vollem Lauf, daß ich in den überfüllten Wagen springe, Fahrgäste anrempele, die ärgerlich werden, Entschuldigungen murmele, die niemand erwartet und annimmt, und vor der doppelten Sitzbank stehenbleibe, die mit Beinen, Regenschirmen, Paketen versperrt ist und wo Marie-Claude in ihrem grauen Mantel am Fenster sitzt; das plötzliche Rucken des Zugs läßt ihre schwarze Haarsträhne leicht erzittern, so wie ihre Hände auf ihren Knien zittern, in einer rufenden Gebärde ohne Namen, die lediglich das ist, was jetzt geschehen wird. Es ist nicht nötig, daß wir miteinander reden, man könnte sich nichts sagen über diese gleichgültige und mißtrauische Wand von Gesichtern und Regenschirmen hinweg, die sich zwischen Marie-Claude und mir befindet; nur noch drei Stationen haben Anschluß an andere Linien, Marie-Claude wird eine von den dreien wählen müssen, wird den Bahnsteig entlanglaufen, einem der Gänge folgen oder

der Treppe zum Ausgang zustreben, unabhängig von meiner Entscheidung, gegen die ich diesmal nicht verstoßen werde. Der Zug fährt in die Station Bastille ein, und Marie-Claude bleibt sitzen, Leute steigen aus und ein, der Platz neben ihr wird frei, aber ich gehe nicht darauf zu, ich kann mich dort nicht hinsetzen, ich kann mich nicht zitternd neben sie setzen, die auch zittern wird. Jetzt kommen Ledru-Rollin und Faidherbe-Chaligny, Stationen ohne Anschlüsse, und Marie-Claude weiß, daß ich ihr dort nicht folgen kann, sie rührt sich nicht, das Spiel muß in Reuilly-Diderot oder in Daumesnil gespielt werden; als der Zug in Reuilly-Diderot einfährt, wende ich den Blick ab, ich möchte nicht, daß sie weiß, ich möchte nicht, daß sie begreift, daß noch nicht dort. Als der Zug wieder anfährt, sehe ich, daß sie sich nicht gerührt hat, daß uns noch eine letzte Hoffnung bleibt, Daumesnil, wo es nur eine Möglichkeit zum Umsteigen und den Ausgang zur Straße gibt, rot oder schwarz, ja oder nein. Da sehen wir uns an, Marie-Claude hat ihren Kopf erhoben, um mir gerade ins Gesicht zu sehen, ich halte die Metallstange des Sitzes umklammert und ich bin das, was sie ansieht, etwas ebenso Bleiches wie das, was ich ansehe, das blutleere Gesicht Marie-Claudes, die ihre rote Handtasche knautscht, die gleich die erste Bewegung macht, um aufzustehen, während der Zug in die Station Daumesnil einfährt.

Gegen Abend ging Florencio mit dem Mädchen hinunter zum Landhaus, sie folgten dem schmalen, holprigen Weg voller loser Steine, den nur Mariano und Zulma sich mit dem Jeep zu fahren trauten. Zulma öffnete ihnen die Tür, und Florencio fand, daß ihre Augen aussahen, als wäre sie gerade beim Zwiebelschälen. Mariano kam aus dem anderen Zimmer, sagte, sie möchten doch hereinkommen, aber Florencio wollte sie nur bitten, das Mädchen bis zum nächsten Morgen zu sich zu nehmen, denn er müsse in einer dringenden Angelegenheit zur Küste, und im Dorf gebe es niemanden, den er um diesen Gefallen hätte bitten können. Aber natürlich, sagte Zulma, lassen Sie es nur da, wir werden ihm hier unten ein Bett aufschlagen. Kommen Sie doch auf ein Glas herein, insistierte Mariano, nur fünf Minuten, aber Florencio hatte das Auto auf dem Dorfplatz gelassen und mußte sofort weiter; er dankte ihnen und gab seinem Töchterchen, das bereits den Stoß Zeitschriften auf der Bank entdeckt hatte, einen Kuß; als die Tür ins Schloß fiel, sahen sich Zulma und Mariano wie fragend an, als wäre alles viel zu schnell gegangen. Mariano zuckte die Achseln und ging zurück in seine Werkstatt, wo er gerade dabei war, einen alten Sessel zu leimen; Zulma fragte das Mädchen, ob es Hunger habe, sie schlug ihm vor, sich mit den Zeitschriften zu vergnügen, in der Besenkammer sei ein Ball und ein Schmetterlingsnetz; das Mädchen bedankte sich und begann sich die Zeitschriften anzusehen; Zulma beobachtete es einen Augenblick, während sie die Artischocken für das Abendessen zubereitete, und sagte sich, daß sie es allein spielen lassen könne.

Jetzt wurde es schon früh Abend hier im Süden, es blieb ihnen gerade noch ein Monat bis zur Rückkehr in die Hauptstadt, Beginn des anderen, des winterlichen Lebens, das letztlich auch nur ein Überleben war, ein freundschaftliches, distanziertes Zusammenleben, die vielen leeren, förmlichen Zeremonien der Rücksichtnahme zwischen einem Paar einhalten, wie eben jetzt, wo Mariano eine der Herdflammen brauchte, um seinen Leimtopf warm zu machen, und Zulma den Topf Kartoffeln vom Feuer nahm und sagte, sie werde sie nachher gar kochen, und Mariano dankte, denn der Sessel war ja schon fast fertig, und es wäre besser, alles auf einmal zu leimen, aber natürlich, mach ihn nur warm. Im Hintergrund des großen Raums, der als Küche und Eßzimmer diente, blätterte das Mädchen in den Zeitschriften, Mariano holte ihm aus der Vorratskammer ein paar Bonbons; es war die Stunde, da man in den Garten ging, um ein Glas zu trinken und zuzusehen, wie es in den Hügeln dunkel wurde; nie sah man jemanden auf dem schmalen Weg, das erste Haus des Dorfes oben auf der Höhe war kaum zu erkennen; das Gelände vor ihnen fiel ab bis zur Talsohle, die schon im Dunkel lag. Schenk schon ein, ich komme gleich, sagte Zulma. Alles vollzog sich zyklisch, alles zu seiner Zeit und jedes Ding hat seine Zeit, die Ausnahme war das Mädchen, das das Schema plötzlich etwas durcheinanderbrachte; ein Hocker und ein Glas Milch für das Mädchen, ein Streicheln übers Haar und ein Lob, weil es so brav war. Die Zigaretten, die Schwalben, die um das Haus segelten; alles wiederholte sich, griff ineinander, der Sessel mußte schon fast trocken sein, zusammengeleimt wie dieser neue Tag, der in keiner Hinsicht neu war. Die einzige kleine Abwechslung war an diesem Nachmittag das Mädchen, wie manchmal mittags der Postbote, der sie für einen Augenblick aus ihrer Einsamkeit riß, ein Brief für Mariano oder Zulma, den der Empfänger entgegennahm und wortlos einsteckte. Noch ein Monat dieser vorhersehbaren, wie einstudierten Wiederholungen, und der bis oben hin beladene Jeep würde sie in ihre Stadtwohnung zurückbringen, in ein Leben, das nur seiner äußeren Form nach ein anderes war, Zulmas Kreis oder Marianos Malerfreunde, für sie die Einkaufsbummel am Nachmittag und für Mariano die Abende in den Cafés, ein Aneinandervorbeigehen, auch wenn man sich immer wieder traf, um ein Zeremoniell einzuhalten, das als Scharnier diente, der morgendliche Kuß und die Stunden neutralen Beisammenseins, wie jetzt, wo Mariano Zulma noch ein Glas anbot und sie es dankend entgegennahm, versunken im Anblick der fernen Hügel, die sich schon tief violett färbten.

Was möchtest du zum Abendessen, Kind. Was es gibt, Señora. Vielleicht mag es keine Artischocken, gab Mariano zu bedenken. Doch, die mag ich, sagte das Mädchen, mit Essig und Öl, aber wenig Salz, weil es beißt. Sie lachten, würden ihm eine extra Essigtunke machen. Und weichgekochte Eier, wie wär's damit. Mit einem Löffelchen, sagte das Mädchen. Und mit wenig Salz, weil es beißt, scherzte Mariano. Salz beißt fürchterlich, sagte das Mädchen, meiner Puppe gebe ich den Brei ohne Salz, heute habe ich sie nicht mitgebracht, weil Papa es eilig hatte und mich nicht ließ. Es wird eine schöne Nacht, dachte Zulma laut, sieh nur, wie klar die Luft gegen Norden ist. Ja, es wird nicht allzu heiß werden, sagte Mariano, während er die Sessel hinunter in den Salon trug und am großen Fenster, das auf das Tal hinausging, die Lampen anknipste. Automatisch schaltete er auch das Radio ein, Nixon wird nach Peking reisen, nicht zu fassen, sagte Mariano. Es gibt keine Gottesfurcht mehr, sagte Zulma, und beide mußten lachen. Das Mädchen beschäftigte sich wieder mit den Zeitschriften und machte Eselsohren in die Seiten mit den Comics, als gedächte es, diese noch einmal zu lesen.

Die Nacht brach an bei Insektenspray, das Mariano oben im Schlafzimmer versprühte, und dem Geruch einer Zwiebel, die Zulma kleinschnitt, wobei sie zur Popmusik aus dem Radio summte. Während des Abendessens schlief das Mädchen über seinem Kochei fast ein; sie neckten es deswegen, redeten ihm zu, zuende zu essen; Mariano hatte ihm schon das Feldbett mit einer Luftmatratze in der hintersten Ecke der Küche hergerichtet, so daß sie es nicht stören würden, wenn sie noch eine Weile unten im Salon blieben, um Schallplatten zu hören oder zu lesen. Das Mädchen aß seinen Pfirsich und gab zu, daß es müde sei. Geh schlafen, mein Liebes, sagte Zulma, wenn du Pipi machen mußt, brauchst du nur hinaufzugehen, wir lassen das Licht auf der Treppe brennen. Schon halb schlafend, gab ihnen das Mädchen einen Kuß auf die Wange, doch bevor es sich hinlegte, suchte es sich eine Zeitschrift aus und legte sie unter sein Kopfkissen. Sie sind unglaublich, sagte Mariano, eine unerreichbare Welt, und wenn man bedenkt, daß sie einmal die unsere, die aller war. Vielleicht ist sie gar nicht so verschieden von der unseren, sagte Zulma, die den Tisch abräumte, auch du hast deine Manien, das Fläschchen Kölnischwasser links und die Gillette rechts, von mir ganz zu schweigen. Aber das sind keine Manien, dachte Mariano, ist eher eine Antwort auf den Tod und das Nichts, Dinge und Zeiten festhalten, Riten und Übergänge einführen angesichts der Unordnung, die voller Löcher und Flecke ist. Nur sagte er das nicht mehr laut, von Mal zu Mal schien es weniger nötig, mit Zulma zu sprechen, und auch Zulma sagte nichts, das zu einem Gedankenaustausch führen konnte. Bring die Kaffeekanne, ich habe schon die Tassen auf die Bank am Kamin gestellt. Sieh nach, ob noch Zucker in der Dose ist, ein neues Paket ist in der Vorratskammer. Ich kann den Korkenzieher nicht finden, diese Flasche Schnaps sieht gut aus, was? Ja, eine schöne Farbe. Da du gerade hinaufgehst, bring doch die Zigaretten mit, die ich auf der Kommode liegengelassen habe. Wirklich, dieser Schnaps ist gut. Es ist heiß, findest du nicht auch. Ja, es ist schwül, besser wir machen die Fenster nicht auf, sonst ist gleich alles voller Falter und Mücken.

Als Zulma das erste Geräusch hörte, war Mariano gerade dabei, in den Schallplattenstapeln nach einer Beethoven-Sonate zu suchen, die er diesen Sommer noch nicht gehört hatte. Er hielt inne, die Hand in der Luft, sah Zulma an. Ein Geräusch wie auf der Steintreppe im Garten, aber um diese Zeit kam niemand zum Haus, nachts kam nie jemand. Von der Küche aus schaltete er die Lampe an, die den vorderen Teil des Gartens erhellte, doch er sah nichts und machte sie wieder aus. Ein streunender Hund, der was zum Fressen sucht, sagte Zulma. Klang merkwürdig, fast wie ein Schnauben, sagte Mariano. Am großen Fenster jagte ein riesiger weißer Fleck vorbei, Zulma stieß einen kurzen Schrei aus, Mariano, der mit dem Rücken zum Fenster gestanden hatte, drehte sich um, zu spät, die Fensterscheibe spiegelte nur die Bilder und die Möbel des Salons wider. Er hatte keine Zeit zu fragen, das Schnauben kam von der Nordseite, ein Wiehern, erstickt wie der Schrei Zulmas, die beide Hände vor den Mund hielt, sich an die hintere Wand preßte und starr zum großen Fenster blickte. Es ist ein Pferd, sagte Mariano, ohne es selbst zu glauben, hört sich an wie ein Pferd, ich habe die Hufe gehört, es galoppiert durch den Garten. Die Mähne, die Lefzen, die zu bluten schienen, ein mächtiger weißer Kopf streifte das große Fenster, das Pferd sah kaum zu ihnen hinein, der weiße Fleck verschwand nach rechts, wieder hörten sie die Hufe, plötzlich Stille auf der Steintreppe, Wiehern, Getrappel. Aber es gibt keine Pferde hier herum, sagte Mariano, der die Schnapsflasche am Hals gepackt hielt, wie er nun merkte, und sie wieder auf die Bank stellte. Es will herein, sagte Zulma, immer noch an die hintere Wand gepreßt. Nicht doch, was für ein Unsinn, es ist sicher von einem Bauernhof im Tal ausgerissen und auf das Licht zugelaufen. Ich sage dir, es will herein, es ist wütend und will herein. Pferde werden nicht wütend, soviel ich weiß, sagte Mariano, ich glaube, es ist weg, ich will mal oben aus dem Fenster sehen. Nein, nein, bleib hier, ich höre es noch, es ist auf der Treppe zur Terrasse, es zertrampelt die Pflanzen, es wird zurückkommen, und wenn es die Fensterscheibe zertrümmert und hereinkommt? Sei nicht albern, was kann es schon anrichten, sagte Mariano mit schwacher Stimme, wenn wir die Lampen ausmachen, wird es vielleicht abhauen. Ich weiß nicht, ich weiß nicht, sagte Zulma, drückte sich an der Wand entlang und sank auf die Bank, ich habe es wiehern hören, es ist dort oben. Sie hörten die Hufe die Treppe herunterkommen, das wütende Schnauben vor der Tür,

Mariano meinte einen Druck gegen die Tür zu bemerken, ein wiederholtes Reiben und Scheuern, und Zulma lief hysterisch schreiend zu ihm. Er stieß sie sanft von sich, tastete nach dem Schalter; im Halbdunkel (nur in der Küche, wo das Mädchen schlief, brannte noch Licht) wurden das Schnauben und die Hufschläge lauter, aber das Pferd war nicht mehr vor der Tür, man hörte es im Garten hin und her traben. Mariano lief rasch in die Küche, um auch dort das Licht auszumachen, ohne auch nur einmal in die Ecke zu blicken, wo sie das Mädchen gebettet hatten; er kam zurück, nahm Zulma, die schluchzte, in die Arme, streichelte ihr Haar und Gesicht und bat sie, still zu sein, um besser lauschen zu können. Der Kopf des Pferdes scheuerte sich an der großen Fensterscheibe, doch nicht sehr heftig, der weiße Fleck schien durchsichtig in der Dunkelheit; sie spürten, daß das Pferd hereinschaute, als suche es etwas, aber es konnte sie jetzt nicht mehr sehen, trotzdem blieb es dort stehen, wiehernd und schnaubend und wild die Mähne schüttelnd. Zulmas Körper entglitt den Armen Marianos, der sie an die Wand lehnte und ihr so half, sich wieder auf die Bank zu setzen. Rühr dich nicht, sprich nicht, gleich geht es weg, wirst sehen. Es will herein, sagte Zulma mit matter Stimme, ich weiß, daß es herein will, und wenn es die Fensterscheibe zertrümmert, was dann, wenn es sie mit den Hufen eintritt? Pst, machte Mariano, sei still, bitte. Es wird hereinkommen, murmelte Zulma. Und ich habe nicht mal eine Flinte, sagte Mariano, ich würde ihm fünf Kugeln in den Kopf jagen, dem verdammten Vieh. Jetzt ist es nicht mehr dort, sagte Zulma und stand abrupt auf, ich höre es oben, wenn es die Terrassentür sieht, ist es imstande und kommt rein. Die ist gut verschlossen, hab keine Angst, bedenke, daß es in der Dunkelheit nicht in ein Haus eindringen wird, wo es sich nicht einmal umdrehen könnte, so blöd ist es nicht. O doch, sagte Zulma, es will herein, es wird uns an die Wand quetschen, ich weiß, daß es herein will. Pst, machte Mariano wieder, der dasselbe dachte und daß er nichts anderes tun konnte, als zu warten, den Rücken in kaltem Schweiß gebadet. Noch einmal hallten die Hufe auf den glatten Steinen der Treppe, und plötzlich Stille, die Grillen in der Ferne, ein Vogel im Nußbaum auf der Anhöhe.

Ohne Licht anzumachen, da nun das große Fenster die fahle Klarheit der Nacht hereinließ, füllte Mariano ein Glas mit Schnaps und hielt es Zulma an die Lippen, zwang sie zu trinken, obgleich ihre Zähne gegen das Glas schlugen und die Flüssigkeit auf ihre Bluse lief; dann setzte er die Flasche an, trank einen kräftigen Schluck und ging in die Küche, um nach dem Mädchen zu sehen. Die Hände unter dem Kopfkissen, als hielte es die schöne Zeitschrift fest, schlief es unglaublich fest und hatte nichts gehört, es war fast so, als wäre es gar nicht da, während im Salon Zulmas Weinen immer wieder unterbrochen wurde von einem erstickten Schlucksen, fast wie ein Aufschrei. Es ist ja vorbei, es ist vorbei, sagte Mariano, setzte sich neben sie und schüttelte sie sanft, es war ja nur der Schreck. Es kommt wieder, sagte Zulma, den Blick starr auf das große Fenster geheftet. Nein, es wird schon weit weg sein, sicher ist es aus einer Koppel dort unten ausgerissen. Kein Pferd tut so etwas, sagte Zulma, kein Pferd will so in ein Haus eindringen. Ich gebe zu, es ist seltsam, sagte Mariano, besser, wir werfen einen Blick nach draußen, hier habe ich die Taschenlampe. Aber Zulma hatte sich wieder an die Wand gepreßt, unerträglich der Gedanke, die Tür zu öffnen, hinauszugehen zu dem weißen Schatten, der in der Nähe sein, unter den Bäumen warten konnte, bereit zum Angriff. Sieh mal, wenn wir uns nicht vergewissern, daß es weg ist, wird keiner von uns diese Nacht schlafen, sagte Mariano. Geben wir ihm noch etwas Zeit, inzwischen legst du dich hin und ich gebe dir dein Beruhigungsmittel; eine Extradosis, du Ärmste, die hast du dir wahrlich verdient.

Zulma willigte schließlich ein, apathisch; ohne Licht anzumachen, gingen sie bis zur Treppe, und Mariano zeigte auf das schlafende Mädchen, aber Zulma sah es kaum an, wankte die Treppe hinauf, Mariano mußte sie beim Betreten des Schlafzimmers festhalten, denn fast wäre sie gegen den Türpfosten geknallt. Vom Fenster über dem Vordach blickten sie auf die Steintreppe und die Terrasse, die höher lag als der Garten. Es ist fort, siehst du, sagte Mariano und schüttelte Zulmas Kopfkissen auf, sah, wie sie sich mit mechanischen Bewegungen auszog, wobei sie den Blick starr auf das Fenster richtete. Er gab ihr die Tropfen zu trinken, sprühte ihr etwas Kölnischwasser auf Hals und Hände und zog ihr, die die Augen geschlossen hatte und zitterte, die Bettdecke behutsam bis zu den Schultern hoch. Er trocknete ihr die Wangen, wartete einen Augenblick und ging dann hinunter, um die Taschenlampe zu holen; ohne sie anzuknipsen, hielt er sie in der einen Hand, ergriff mit der anderen eine Axt, öffnete vorsichtig die Tür zum Salon und ging hinaus auf die untere Terrasse, von wo aus er die ganze Gegend östlich des Hauses überblicken konnte; die Nacht war wie so viele andere Sommernächte, in der Ferne zirpten die Grillen, ein Frosch gab hin und wieder zwei tropfnasse Laute von sich. Ohne die Taschenlampe anknipsen zu müssen, sah Mariano den zertrampelten Fliederstrauch, die riesigen Hufspuren im Beet mit den Stiefmütterchen, den umgeworfenen Blumentopf am Fuß der Treppe; es war also keine Halluzination gewesen, immerhin noch besser, als wenn es eine gewesen wäre; morgen früh würde er mit Florencio in den Gehöften unten im Tal nachfragen, man würde das Pferd nicht so leicht von hier oben herunterkriegen. Bevor er hineinging, stellte er den Blumentopf wieder richtig hin, ging bis zu den ersten Bäumen und lauschte lange den Grillen und dem Frosch; als er zum Haus blickte, sah er Zulma am Schlafzimmerfenster stehen, nackt und reglos.

Das Mädchen hatte sich nicht bewegt, Mariano ging leise hinauf, trat neben Zulma und fing an zu rauchen. Na, siehst du, es ist weg, wir können ruhig schlafen, morgen sehen wir weiter. Sachte führte er sie zum Bett, zog sich aus, und, immer noch rauchend, legte er sich hin. Schlaf, alles ist in Ordnung, es war nichts, nur ein blöder Schreck. Er strich ihr mit der

Hand übers Haar, seine Finger glitten hinab zu ihrer Schulter, streiften ihre Brüste. Zulma drehte sich zur Seite, kehrte ihm den Rücken zu, ohne zu sprechen; auch das war wie in so vielen anderen Sommernächten.
Es mußte schwerfallen zu schlafen, Mariano jedoch schlief augenblicklich ein, kaum daß er die Zigarette ausgedrückt hatte; das Fenster blieb offen, und sicher würden Mücken hereinkommen, doch der Schlaf kam eher, ohne Träume, das absolute Nichts, aus dem er irgendwann auftauchte, herausgerissen von einer unsäglichen Panik, dem Druck von Zulmas Fingern auf seiner Schulter, ihrem Keuchen. Noch bevor er begriff, horchte er schon in die Nacht hinaus. Vollkommene Stille, unterbrochen von den Grillen. Schlaf, Zulma, es ist nichts, du hast geträumt. Er bestand darauf, daß sie nachgab, und sie streckte sich wieder aus und wandte ihm den Rücken zu, aber plötzlich zog sie ihre Hand zurück und saß steif da, blickte zur geschlossenen Tür. Er sprang im gleichen Augenblick aus dem Bett wie Zulma, konnte aber nicht verhindern, daß sie die Tür öffnete und bis zum Treppenabsatz lief, dicht neben ihr fragte er sich, ob es nicht besser wäre, sie zu ohrfeigen, sie mit Gewalt zurück ins Bett zu bringen, einer solchen Besessenheit endlich Herr zu werden. Mitten auf der Treppe blieb Zulma stehen, hielt sich am Geländer fest. Weißt du, warum das Mädchen da ist? Eine Stimme, die noch aus dem Alptraum zu kommen schien. Das Mädchen? Noch zwei Stufen, fast schon an der Ecke zur Küche. Zulma, bitte! Und ihre gebrochene Stimme, fast ein Fisteln, es ist da, um das Pferd hereinzulassen, ich sage dir, es wird es hereinlassen. Zulma, treibe mich nicht so weit, eine Dummheit zu machen. Und ihre geradezu triumphierende Stimme, noch schriller, sieh, aber sieh doch, wenn du mir nicht glaubst, das leere Bett, die Zeitschrift auf dem Fußboden. Mit einem Satz war Mariano bei Zulma, stürzte zum Schalter. Das Mädchen sah sie an, in seinem rosa Pyjama stand es an der Tür zum Salon, das Gesicht verschlafen. Du bist aufgestanden, was tust du hier, zu dieser Stunde, sagte Mariano und wickelte sich ein

Geschirrtuch um die Hüften. Das Mädchen blickte die nackte Zulma an, halb schlaftrunken, halb verschämt blickte es sie an, den Tränen nahe, als wollte es zurück ins Bett. Ich bin aufgestanden, um Pipi zu machen, sagte es. Und bist in den Garten gegangen, wo wir dir doch gesagt haben, ins Bad hinaufzugehen. Das Mädchen machte eine Schippe, die Hände drollig in den Taschen des Pyjamas vergraben. Macht nichts, geh wieder ins Bett, sagte Mariano und strich ihm übers Haar. Er deckte es zu, schob ihm die Zeitschrift unters Kopfkissen; das Mädchen drehte sich zur Wand, einen Finger im Mund, wie um sich zu trösten. Geh hinauf, sagte Mariano, du siehst ja, es ist nichts passiert, steh nicht da wie eine Schlafwandlerin. Er sah, wie sie zwei Schritte zur Salontür machte, und trat ihr in den Weg, es ist doch alles in Ordnung, zum Teufel nochmal. Aber ist dir denn nicht klar, daß es ihm die Tür aufgemacht hat, sagte Zulma mit dieser Stimme, die nicht die ihre war. Hör auf mit diesem Unsinn, Zulma. Geh und sieh nach, ob es stimmt, oder laß mich gehen. Mariano packte sie am Unterarm, der zitterte. Geh sofort hinauf, er schob sie bis zum Fuß der Treppe, blickte im Vorbeigehen hinüber zu dem Mädchen, das sich nicht bewegt hatte, das schon schlafen mußte. Auf der ersten Stufe schrie Zulma auf und wollte entwischen, doch die Treppe war eng, und Mariano schob sie mit seinem ganzen Körper vor sich her, das Geschirrtuch löste sich und fiel unten auf die Treppe; sie an den Schultern packend, bugsierte er sie nach oben bis auf den Treppenabsatz, schubste sie ins Schlafzimmer und schloß die Tür hinter sich zu. Es läßt es herein, wiederholte Zulma, die Tür ist offen, und es wird hereinkommen. Leg dich hin, sagte Mariano. Ich sage dir, die Tür ist offen. Macht nichts, sagte Mariano, soll es hereinkommen, wenn es will, es ist mir jetzt scheißegal, ob es hereinkommt oder nicht. Er packte Zulmas Hände, die ihn zurückzustoßen suchte, schob sie rücklings zum Bett, wo sie aufeinanderfielen, Zulma schluchzte und flehte, unfähig, sich unter dem Gewicht eines Körpers zu bewegen, der sie immer mehr bedrängte, der sie einem Willen unterwarf, hitzig keuchend, Mund an Mund, unter Tränen und Obszönitäten. Ich will nicht, ich will nicht, ich will nie mehr, ich will nicht, aber zu spät, ihre Kräfte und ihr Stolz ließen nach unter diesem erdrückenden Gewicht, das sie in eine unwiderrufliche Vergangenheit zurückversetzte, in die Sommer ohne Briefe und ohne Pferde. Irgendwann – es fing an hell zu werden – zog sich Mariano leise an und ging hinunter in die Küche; das Mädchen schlief mit dem Finger im Mund, die Salontür stand offen. Zulma hatte recht gehabt, das Mädchen hatte die Tür aufgemacht, aber das Pferd war nicht ins Haus gekommen. Wo nicht doch, dachte er, indem er sich die erste Zigarette anzündete und die blaue Linie der Hügel betrachtete, vielleicht hat Zulma auch darin recht gehabt, und das Pferd ist doch ins Haus gekommen, aber wie das wissen, wenn sie es nicht gehört hatten, wenn alles in Ordnung war, wenn die Uhr weiterhin den Morgen einteilte, und nachdem Florencio das Mädchen abgeholt hätte, würde vielleicht gegen zwölf, von ferne pfeifend, der Postbote kommen und ihnen die Briefe auf den Gartentisch legen, die er oder Zulma, ohne etwas zu sagen, an sich nehmen würden, einen Augenblick bevor sie gemeinsam beschließen würden, was es zu Mittag geben soll.

II

Passatwinde

Schwer zu sagen, wer auf die Idee gekommen war, vielleicht Vera am Abend ihres Geburtstags, als Mauricio unbedingt wollte, daß sie noch eine Flasche Champagner tränken, und sie zwischendurch in dem von Zigarettenrauch und Mitternacht geschwängerten Salon tanzten, aber vielleicht auch Mauricio in dem Augenblick, da der *Blues in Thirds* ihnen von ganz fern ihre erste gemeinsame Zeit, ihre ersten Schallplatten in Erinnerung brachte, als die Geburtstage noch mehr waren als nur eine periodisch wiederkehrende, genau bemessene Zeremonie. Es war wie ein Spiel, als sie beim Tanzen darüber sprachen, lächelnde Komplizen in der allmählichen Benebelung durch den Alkohol und den Rauch, als sie sich sagten, warum auch nicht, letzten Endes könnten sie es machen, und dort würde jetzt Sommer sein; gemeinsam hatten sie sich desinteressiert den Prospekt des Reisebüros angesehen, und plötzlich war Mauricio oder Vera die Idee gekommen, einfach telefonieren, zum Flughafen fahren, mal sehen, ob das Spiel sich lohnt, sowas tut man sofort oder nie, was ist schon dabei, schlimmstenfalls kehrt man mit der gleichen liebenswürdigen Ironie zurück, mit der sie von so vielen langweiligen Reisen zurückgekehrt waren, es jetzt aber mal anders versuchen, das Spiel spielen, Bilanz ziehen, einen Entschluß fassen.

Denn diesmal (und das war das Neue, die Idee, die Mauricio gekommen war, die aber auch einem nachdenklichen Augenblick Veras entsprungen sein konnte, zwanzig gemeinsam verlebte Jahre, die geistige Symbiose, die Sätze, die von einem begonnen und vom anderen am anderen Ende des Tisches oder der Telefonleitung beendet werden), diesmal könnte es anders werden, sie brauchten nur die Verhaltensregeln aufzustellen, und sie begeisterten sich für den völlig absurden Plan, verschiedene Flugzeuge zu nehmen und als einander unbekannt im Hotel anzukommen, sie würden es dem Zufall überlassen, sie nach ein oder zwei Tagen im Speisesaal oder am Strand miteinander bekannt zu machen, würden sich unter die anderen Feriengäste mischen, Bekanntschaften machen, höflich miteinander verkehren, bei Cocktailparties auf Berufe und Clans anspielen, unter so vielen anderen Berufen und Lebensverhältnissen, lauter Menschen, die wie sie im Urlaub den flüchtigen Kontakt suchen. Keiner würde sich über den gemeinsamen Familiennamen wundern, da es ein gewöhnlicher Familienname war, es würde sehr vergnüglich sein, das allmähliche gegenseitige Kennenlernen zu gradieren, seinen Rhythmus dem des Kennenlernens der anderen Hotelgäste anzupassen, sich jeder für sich mit den anderen zu unterhalten, dem Zufall der Begegnungen nachzuhelfen und sich von Zeit zu Zeit allein zu treffen und sich anzusehen wie jetzt, während sie den *Blues in Thirds* tanzten und für Augenblicke innehielten, die Champagnerkelche erhoben und genau im Takt der Musik anstießen, höflich, wohlerzogen und müde, und schon halb zwei bei soviel Rauch und dem Parfüm, das Mauricio Vera an diesem Abend aufs Haar gesprüht und sich dabei gefragt hatte, ob es auch das richtige Parfüm war, ob Vera den Kopf heben und ein wenig schnuppern und es gutheißen würde, ob er Veras Anerkennung erhalten würde, die so schwer und so selten zu erreichen war.

Immer hatten sie nach ihren Geburtstagsfeiern miteinander geschlafen, mit verdrossener Liebenswürdigkeit hatten sie auf den Aufbruch der letzten Freunde gewartet, aber diesmal, wo niemand da war, wo sie niemanden eingeladen hatten, weil es sie mehr langweilte, mit Leuten zusammenzusein als allein zu sein, tanzten sie so lange, bis die Platte zuende war, blieben umschlungen stehen und sahen sich durch einen Nebel aus Schläfrigkeit an, verließen dann das Wohnzimmer, wobei sie einen imaginären Rhythmus beibehielten, gingen versunken und fast glücklich und barfuß über den Teppich des Schlafzimmers, verweilten, langsam sich entkleidend, am Bettrand, einander helfend und es sich erschwerend, und

Küsse und Knöpfe und wieder das Zusammenfinden, jeder unausbleiblich mit seiner Vorliebe, jeder richtete sich nach dem Licht der Lampe, das sie dazu verurteilte, die alten Bilder vor sich zu sehen, die bewußten Worte zu flüstern, und nach dieser Wiederholung der Formeln, die sich der Worte und der Körper bemächtigt hatten wie eine notwendige, fast zärtliche Pflicht, das langsame Versinken in schale Benommenheit.

Am nächsten Morgen war Sonntag, und es regnete, sie frühstückten im Bett und beschlossen die Sache im Ernst; jetzt mußte man die Regeln festlegen, jede Phase der Reise, damit es nicht eine Reise wie all die anderen werde und vor allem keine Rückkehr wie all die anderen. Sie nahmen die Finger zu Hilfe: erstens, sie würden getrennt reisen; zweitens, sie würden in verschiedenen Zimmern wohnen, damit nichts sie daran hindere, den Sommer richtig zu genießen; drittens, es würde keine Vorhaltungen und keine Blicke geben wie die, die sie zur Genüge kannten; viertens, ein Zusammentreffen ohne Zeugen würde es ihnen erlauben, Eindrücke auszutauschen und zu sehen, ob die Mühe sich lohnte; der Rest war Routine, sie würden im selben Flugzeug zurückfliegen, da die anderen sie dann ja nicht mehr interessierten (oder doch, aber das würde sich aus Punkt vier ergeben). Was danach geschehen würde, blieb ohne Nummer, gehörte in eine Phase, die entschieden und ungewiß zugleich war, die auf Zufall beruhende Summe, bei der alles möglich war und worüber man nichts sagen konnte. Die Flugzeuge nach Nairobi gingen donnerstags und sonnabends, Mauricio reiste mit dem ersten, nach einem gemeinsamen Lachsessen, bei dem sie sich zutranken und einander für alle Fälle Talismane schenkten, vergiß das Chinin nicht und denk daran, daß du immer die Rasiercreme und die Sandalen vergißt.

Gutgelaunt kam sie in Mombasa an, eine Stunde Fahrt mit dem Taxi, das sie nach *Trade Winds* bringen sollte, in einen Bungalow am Strand mit Affen, die in den Kokospalmen herumturnten, und lächelnden afrikanischen Gesichtern, von weitem sah sie Mauricio, der sich schon eingelebt hatte und im Sand mit einem Pärchen und einem Alten mit rotem Backenbart Ball spielte. Die Cocktailstunde führte sie in der zum Meer hin offenen Veranda zusammen, man sprach über Muscheln und Korallenriffe, Mauricio trat mit einer Frau und zwei jungen Männern ein, irgendwann wollte er wissen, woher Vera komme, und erzählte, er komme aus Frankreich und sei Geologe. Vera fand es nicht übel, daß Mauricio Geologe sein sollte, und sie antwortete auf die Fragen der anderen Touristen, die Pädiatrie mache es von Zeit zu Zeit erforderlich, daß sie sich ein paar Tage erhole, um nicht der Depression zu verfallen, der Alte mit dem roten Backenbart war ein pensionierter Diplomat, seine Gattin kleidete sich, als wäre sie zwanzig, aber es stand ihr gar nicht so schlecht in einer Umgebung, wo fast alles einem Farbfilm ähnelte, Kellner und Affen eingeschlossen, und auch der Name *Trade Winds,* der an Joseph Conrad und Somerset Maugham erinnerte, die Cocktails, die in Kokosnußschalen gereicht wurden, die offenen Hemden, der Strand, wo man nach dem Abendessen spazierengehen konnte bei einem so erbarmungslosen Mond, daß die dahinziehenden Wolken ihre Schatten auf den Sand warfen, zum Erstaunen der Leute, die für gewöhnlich ein schmutziger, nebliger Himmel bedrückt.

Die Letzten werden die Ersten sein, dachte Vera, als Mauricio sagte, man habe ihm ein Zimmer im modernsten Trakt des Hotels gegeben, sehr wohnlich, allerdings ohne den Reiz der Bungalows am Strand. Abends spielte man Karten, der Tag war ein endloser Dialog zwischen Sonne und Schatten, dem Meer und den Schutz bietenden Palmen, bei jedem Peitschenhieb der Brandung den bleichen und matten Körper wiederentdecken, mit Kanus zu den Klippen fahren, um mit Taucherbrillen zu tauchen und die blauen und roten Korallen zu sehen, die Fische, die unschuldig um einen herumschwammen. Über die Begegnung mit zwei Seesternen, der eine rotgefleckt, der andere violett und mit Dreiecken übersät, wurde am zweiten Tag viel gesprochen, wenn es nicht schon der dritte war, die Zeit glitt dahin wie das laue Meerwasser auf der Haut, Vera schwamm mit Sandro, der zwischen zwei Cocktails aufgetaucht war und behauptete, er habe Verona und die Autos satt, der Engländer mit dem roten Backenbart hatte einen Sonnenbrand, und der Arzt sollte aus Mombasa kommen, die Langusten in ihrer Grabstatt aus Mayonnaise und Zitronenscheiben waren unglaublich groß; Ferien. Von Anna hatte man nur ein fernes, fast distanziertes Lächeln gesehen, am vierten Abend kam sie an die Bar, um sich etwas zu trinken zu holen, und ging mit ihrem Glas auf die Veranda, wo die Dreitageveteranen sie mit Informationen und Ratschlägen empfingen, im Norden gab es gefährliche Seeigel, auf keinen Fall durfte man im Kanu ohne Hut fahren, sollte auch etwas mitnehmen, um sich die Schultern zu bedecken, der arme Engländer mußte es teuer bezahlen, und die Schwarzen versäumten immer, die Touristen zu warnen, denn für sie, natürlich, und Anna dankte zurückhaltend, trank langsam ihren Martini, so als wollte sie zeigen, daß sie gekommen war, um allein zu sein, und Stockholm oder Kopenhagen vergessen mußte. Ohne lange nachzudenken, beschloß Vera, daß Mauricio und Anna, ganz bestimmt Mauricio und Anna, noch bevor vierundzwanzig Stunden vergangen waren, sie spielte gerade mit Sandro Pingpong, als sie sah, wie die beiden ans Meer gingen und sich in den Sand legten, Sandro spöttelte über Anna, die ihm zu wenig kommunikativ war, die nordischen Nebel, er gewann die Partien ohne Mühe, aber als italienischer Kavalier zedierte er ihr dann und wann ein paar Punkte, was Vera merkte und ihm schweigend dankte, einundzwanzig zu achtzehn, gar nicht schlecht, sie machte Fortschritte, eine Frage der Hingabe.

Irgendwann vor dem Einschlafen dachte Mauricio, daß sie es doch ganz gut machten, fast komisch, wenn man sich vorstellte, daß Vera hundert Meter von seinem Zimmer entfernt in dem beneidenswerten Bungalow schlief, von Palmen liebkost, was für ein Glück du hattest, mein Kind. Sie waren bei einem Ausflug zu den nahegelegenen Inseln zusammengetroffen, und es hatte ihnen viel Spaß gemacht, mit den anderen um die Wette zu schwimmen und Ball zu spielen; Anna hatte sich die Schultern verbrannt, und Vera gab ihr eine Salbe mit todsicherer Wirkung, schließlich kennt sich eine Kinderärztin in Salben aus, zögernde Rückkehr des Engländers, in einen himmelblauen Hausmantel gehüllt, am Abend wurde im Radio von Jomo Kenyatta und den Stammesproblemen gesprochen, jemand wußte eine Menge über die Massai und unterhielt bei vielen Drinks die anderen mit Legenden und Löwen, Karen Blixen und der Echtheit der Amulette aus Elefantenhaar, echtes Nylon, und so war es mit allem in diesen Ländern. Vera wußte nicht, ob es Mittwoch oder Donnerstag war, als Sandro sie zum Bungalow begleitete, nachdem sie einen langen Spaziergang am Strand gemacht und sich geküßt hatten, wie dieser Strand und dieser Mond es verlangten, sie ließ ihn eintreten, kaum daß er ihr die Hand auf die Schulter gelegt hatte, sie ließ sich die ganze Nacht lieben, hörte sonderbare Dinge, lernte es anders kennen und schlief langsam ein, wobei sie jede Minute der weiten Stille unter dem unglaublich feinen Moskitonetz genoß. Bei Mauricio war es zur Siesta, nach einem Essen, bei dem seine Knie Annas Schenkel berührt hatten, begleitete er sie in ihre Etage, murmelte vor ihrer Tür ein »Bis später« und sah, wie Annas Hand auf der Klinke zögerte, er ging mit ihr hinein und sie überließen sich einer Lust, die sie erst am Abend freigab, als einige sich schon fragten, ob sie vielleicht krank seien, und Vera zwischen zwei Schlucken unsicher lächelte und sich die Zunge an einem Getränk aus Campari und Kenia-Rum verbrannte, das Sandro an der Bar gemixt hatte, zum großen Erstaunen von Moto und Nikuku, diese Europäer werden langsam alle verrückt.

Laut Abmachung Sonnabend um sieben, Vera nutzte eine Begegnung ohne Zeugen am Strand und wies auf einen entfernten Palmenhain, der ihr passend schien. Sie umarmten sich mit alter Zärtlichkeit und lachten sich an wie Kinder, wie brav sie doch Punkt vier ihrer Abmachung befolgten. Es war eine sanfte Einsamkeit aus Sand und dürren Zweigen; Zigaretten und diese Bräune des fünften oder sechsten Tages, wenn die Augen wie neu glänzen und Sprechen ein Fest ist. Es geht doch sehr gut mit uns, sagte Mauricio gleich, und Vera, ja, natürlich, es geht sehr gut, man sieht es an deinem Gesicht, und am Haar, wieso am Haar, weil es einen anderen Glanz hat, das kommt vom Salzwasser, Dummerchen, kann sein, aber Salz macht die Haare eher klitschig, vor Lachen konnten sie nicht weitersprechen, es tat wohl, nichts zu sagen, während sie lachten und einander anblickten, ein letztes Stück Sonne tauchte schnell unter, die Tropen, sieh genau hin und du wirst den lengendären grünen Strahl sehen, das hab ich schon von meinem Balkon aus versucht und nichts gesehen, ah, natürlich, der Herr hat einen Balkon, ja, meine Dame, einen Balkon, dafür haben Sie einen Bungalow für Gitarrenspiel und Orgien. Leicht ins Schleudern geraten, noch eine Zigarette, wirklich, es ist wunderbar, hat etwas Prickelndes. Wenn du es sagst, wird es so sein. Und deine, erzähl. Ich finde es nicht schön, daß du deine sagst, das klingt nach Preisverteilung. Ist es ja auch. Gut, aber nicht so, nicht mit Anna. Oh, was für eine zuckersüße Stimme, du sagst Anna, als delektiertest du dich an jedem Buchstaben. Nicht an jedem, aber. Du bist gemein. Und was bist du? Für gewöhnlich bin nicht ich es, die sich delektiert, obgleich. Dacht ich mir's doch, diese Italiener kommen alle geradewegs aus dem Dekamerone. Moment mal, wir machen hier keine Gruppentherapie, Mauricio. Pardon, es ist keine Eifersucht, welches Recht hätte ich dazu. Ah, *good boy*. Also ja? Also ja, ist ja toll, einfach unglaublich toll. Ich gratuliere dir, es würde mir auch nicht gefallen, wenn es dir schlechter ginge als mir. Ich weiß nicht, wie es dir geht, aber Punkt vier besagt, daß. Einverstanden, aber es ist nicht leicht, es in Worten auszudrücken, Anna ist eine Woge, ein Seestern. Der rote oder der violette? Alle beide, ein goldener Strom, rosa Korallen. Der Herr ist ein skandinavischer Dichter. Und Sie sind eine ausschweifende Venezianerin. Er ist nicht aus Venedig, sondern aus Verona.

Das bleibt sich gleich, in jedem Fall muß man unweigerlich an Shakespeare denken. Hast recht, darauf bin ich gar nicht gekommen. Kurzum, so geht's mit uns. Ja, so geht's mit uns, Mauricio, wir haben noch fünf Tage. Vor allem fünf Nächte, nutze sie gut. Ich glaube schon, er hat versprochen, mir die Kniffe zu zeigen, wie man zur Wirklichkeit gelangt, wie er es nennt. Die wirst du mir erklären, hoffe ich. Ausführlich, das kannst du mir glauben, und du wirst mir von deinem Fluß aus Gold und den blauen Korallen erzählen. Rosa Korallen, Mädchen. Nun, du siehst, wir vertrödeln unsere Zeit nicht. Das wird sich zeigen, jedenfalls vertrödeln wir nicht die Gegenwart, und da wir gerade davon sprechen, es ist nicht gut, daß wir uns so lange bei Punkt vier aufhalten. Noch ein kurzes Bad vor dem Whisky? Whisky, sowas Ordinäres, ich lasse mir Carpano mit Gin und Angostura mixen. Oh, Verzeihung. Macht nichts, für solche Feinheiten braucht es Zeit, wir wollen nach dem grünen Strahl suchen, wer weiß, vielleicht.

Freitag, Robinson-Tag, jemand erinnerte zwischen zwei Drinks daran, und man sprach eine Weile von einsamen Inseln und Schiffbrüchen, eine kurze und heftige warme Regenbö brach herein, die die Palmen silbern färbte und einen neuen Schwung lärmender Vögel mitbrachte, worauf Die Zugvögel, Der Alte Seemann und sein Albatros, es waren Leute, die zu leben wußten, jeder Whisky war umrankt mit Folklore, alte Lieder von den Hebriden oder aus Guadeloupe, gegen Ende des Tages dachten Vera und Mauricio das gleiche, das Hotel verdiente wirklich seinen Namen, es war für sie die Stunde der Passatwinde, Anna die Spenderin längst vergessenen Rauschs, Sandro der Erfinder feiner Kniffe, diese Passatwinde brachten ihnen andere Zeiten zurück, Zeiten ohne Gewohnheiten, die auch sie einst verbracht hatten, Erfindungen und Blendungen im Meer der Bettücher, nur daß jetzt, nur daß jetzt nicht mehr, und deshalb die Passatwinde, die noch bis Dienstag wehen würden, genau bis zum Ende des Zwischenspiels, das wieder die ferne Vergangenheit war, eine

Augenblicksreise zu den Quellen, die erneut zu sprudeln begonnen hatten, sie in einer gegenwärtigen, wenngleich schon bekannten Wonne badeten, einer Wonne, die sie schon vor den Abmachungen kannten, vor dem *Blues in Thirds*. Sie sprachen nicht darüber, als sie sich in Nairobi in der Boeing trafen und sich die erste Zigarette der Rückreise anzündeten. Sich anzusehen wie früher erfüllte sie mit etwas, wofür es keine Worte gab und worüber sie beide zwischen Drinks und Anekdoten aus *Trade Winds* schwiegen, irgendwie mußten sie sich *Trade Winds* bewahren, sie wollten sich weiter von den Passatwinden treiben lassen, die gute alte Segelschiffahrt sollte wiederkehren und die Schiffsschrauben zerstören, Schluß machen mit dem schmutzigen, zähflüssigen Treibstoff des Alltags, der den Champagner der Geburtstage, die Hoffnung jeder Nacht verdarb. Passatwinde von Anna und von Sandro, sie ließen sie sich weiterhin ins Gesicht wehen, während sie sich zwischen zwei Zügen an der Zigarette ansahen, warum jetzt Mauricio, wo da immer noch Sandro war, seine Haut und sein Haar und seine Stimme, die Mauricios Gesicht verfeinerte, so wie Annas heiseres Lachen mitten im Beischlaf jenes Lächeln auslöschte, mit dem Vera freundlicherweise ihre Abwesenheit beschönigte. Einen Punkt sechs gab es nicht, aber sie konnten ihn sich wortlos ausdenken, es war ganz natürlich, daß er Anna irgendwann zu einem weiteren Whisky einlud, und daß sie, seine Wange liebkosend, einwilligte und ja sagte, ja, Sandro, es wäre wirklich gut, wenn wir noch einen Whisky tränken, um die Höhenangst loszuwerden, so spielten sie während des ganzen Fluges, es bedurfte keiner Abmachung mehr, um zu beschließen, daß Sandro Anna auf dem Flughafen anbieten würde, sie nach Hause zu begleiten, was Anna aus reiner Hochachtung vor soviel Ritterlichkeit annehmen würde, und vor dem Haus angelangt, wäre sie es, die ihre Schlüssel in der Tasche suchen und Sandro einladen würde, auf einen Drink hereinzukommen, sie ließe ihn den Koffer im Flur abstellen und würde ihm den Weg ins Wohnzimmer zeigen, sich wegen des Staubs und der abgestandenen Luft entschuldigend, würde die Vorhänge zuziehen und Eiswürfel holen, während Sandro sich mit anerkennender Miene die Schallplattenstapel und die Graphik von Friedländer ansieht. Es war schon nach elf, sie tranken auf ihre Freundschaft, und Anna brachte eine Dose Gänseleberpastete und Toastbrot, Sandro half ihr, die Appetithappen zu machen, aber sie kamen nicht dazu, sie zu kosten, Hände und Lippen suchten einander, sie ließen sich aufs Bett fallen und zogen sich, schon eng umschlungen, aus, suchten einander zwischen Gürteln und Kleidern, rissen sich das letzte Zeug vom Leibe und schlugen die Bettdecke zurück, dämpften das Licht und nahmen sich langsam, suchend und flüsternd, vor allem aber voll Hoffnung und diese Hoffnung einander zuflüsternd.

Wer weiß, wann wieder die Drinks und die Zigaretten kamen, die Kopfkissen, um sich aufzusetzen und beim Licht der auf dem Boden stehenden Lampe zu rauchen. Sie sahen sich kaum an, die Worte prallten gegen die Wand und kamen in einem langsamen Ballspiel für Blinde zurück, und sie fragte als erste, so als fragte sie sich selbst, was nach *Trade Winds* aus Vera und Mauricio würde, was nach der Rückkehr aus ihnen würde.

»Sie werden es schon gemerkt haben«, sagte er. »Sie werden schon begriffen haben, und dann können sie nichts mehr machen.«

»Man kann immer noch etwas machen«, sagte sie, »Vera wird nicht so bleiben, man brauchte sie nur anzusehen.«

»Mauricio auch nicht«, sagte er, »ich habe ihn nur flüchtig kennengelernt, aber es war ganz klar zu sehen. Keiner von beiden wird so bleiben, man kann sich leicht vorstellen, was sie tun werden.«

»Ja, wirklich, es ist, als sähe man es.«

»Sie werden nicht geschlafen haben, so wie wir, und jetzt werden sie leise miteinander sprechen, ohne sich anzusehen. Sie haben sich nichts mehr zu sagen, und ich glaube, es wird Mauricio sein, der die Schublade aufzieht und das blaue

Fläschchen herausnimmt. Sieh, so ein blaues Fläschchen wie dies hier.«

»Vera wird die Tropfen zählen und sie aufteilen«, sagte sie. »Sie ist immer sehr praktisch, sie wird das sehr gut machen. Sechzehn für jeden, nicht einmal das Problem mit einer ungeraden Zahl.«

»Sie werden jeweils zwei auf einmal nehmen, mit Whisky und zur selben Zeit, ohne dem anderen zuvorzukommen.«

»Wird etwas bitter schmecken«, sagte sie.

»Mauricio wird sagen nein, eher sauer.«

»Ja, kann sein, es schmeckt sauer. Und dann werden sie das Licht ausmachen, keiner weiß, warum.«

»Man weiß nie, warum, aber es stimmt, sie werden das Licht ausmachen und sich umarmen. Ganz sicher, ich weiß, daß sie sich umarmen werden.«

»Im Dunkeln«, sagte sie und suchte nach dem Schalter. »So, nicht wahr?«

»Ja, so«, sagte er.

In Bobys Namen

Gestern ist er acht geworden, wir haben ihm eine schöne Feier bereitet, und Boby hat sich über die Eisenbahn zum Aufziehen, den Fußball und die Torte mit den kleinen Kerzen sehr gefreut. Meine Schwester hatte befürchtet, daß er ausgerechnet in diesen Tagen mit schlechten Noten nach Hause kommen würde, aber das Gegenteil war der Fall, er hatte sich in Rechnen und Lesen gebessert, und es gab nicht den geringsten Grund, ihm die Spielsachen nicht zu geben. Wir hatten ihm gesagt, er solle seine Freunde einladen, und er brachte Beto und Juanita mit; auch Mario Panzani kam, aber er blieb nur kurz, weil sein Vater krank war. Meine Schwester ließ sie bis zum Abend im Patio spielen, und Boby probierte den neuen Ball aus, obgleich wir beide befürchteten, daß sie uns in ihrer Begeisterung die Pflanzen zertreten würden. Als die Stunde der Orangeade und der Geburtstagstorte gekommen war, sangen wir im Chor das Lied vom Grünen Sellerie und lachten viel, weil alle vergnügt waren, vor allem Boby und meine Schwester; natürlich vergaß ich darüber nicht, Boby zu beobachten, auch wenn ich damit nur meine Zeit zu verlieren schien, denn über was sollte man wachen, wenn es nichts zu überwachen gab; dennoch behielt ich Boby im Auge, suchte bei ihm nach diesem Blick, den meine Schwester nicht zu bemerken scheint und der mir so weh tut.

Diesen Tag hat er sie nur einmal so angesehen, genau in dem Augenblick, als meine Schwester die kleinen Kerzen anzündete, eine knappe Sekunde, bis er den Blick senkte und als wohlerzogener Junge sagte: »Sehr schön, die Torte, Mama«, und Juanita fand das auch, ebenso Mario Panzani. Ich hatte das lange Messer hingelegt, damit Boby die Torte anschneide, und in dem Augenblick beobachtete ich ihn vom anderen Ende des Tisches aus besonders aufmerksam, aber Boby hatte soviel Freude an der Torte, daß er meine Schwester wohl kaum auf diese Art ansah, er war ganz mit der Aufgabe beschäftigt, gleich große Stücke zu schneiden und diese zu verteilen. »Du zuerst, Mama«, sagte Boby und gab ihr ein Stück, und dann Juanita und mir, weil zuerst die Damen. Gleich darauf gingen sie in den Patio, um weiterzuspielen, außer Mario Panzani, dessen Vater krank war, doch vorher sagte Boby meiner Schwester noch einmal, daß die Torte sehr lecker war, kam dann zu mir gelaufen und fiel mir um den Hals, um mir einen seiner feuchten Küsse zu geben. »Wie schön, die Eisenbahn, Tante«, und am Abend kletterte er auf meinen Schoß, um mir ein großes Geheimnis anzuvertrauen: »Weißt du, Tante, jetzt bin ich acht Jahre alt.«

Wir gingen ziemlich spät zu Bett, aber es war Sonnabend, und Boby konnte wie wir bis in den Vormittag hinein schlafen. Ich ging als letzte zu Bett, vorher räumte ich noch das Eßzimmer auf, stellte die Stühle an ihren Platz; die Kinder hatten Karawane gespielt und andere Spiele, wonach immer ein riesiges Tohuwabohu herrschte. Ich verwahrte das lange Messer, und bevor ich schlafen ging, konnte ich sehen, daß meine Schwester schon wie ein Murmeltier schlief; ich ging zu dem kleinen Zimmer von Boby und betrachtete ihn mir, er lag auf dem Bauch, wie er schon als Kleinkind gern schlief, die Bettücher hatte er bereits zu Boden gestrampelt, und ein Bein hing aus dem Bett, aber das Gesicht im Kopfkissen vergraben, schlief er ganz prächtig. Hätte ich ein Kind gehabt, ich hätte es auch so schlafen lassen, doch warum an so etwas denken. Ich legte mich hin, ohne noch zu lesen, doch das war sicher falsch, denn ich fand keinen Schlaf, und es erging mir so wie immer zu dieser Stunde, wenn die Willenskraft schwindet und die Gedanken frei herumspringen und einem wahr erscheinen, alles was man denkt, ist auf einmal wahr und fast immer schrecklich, und man wird es nicht mehr los, soviel man auch betet. Ich trank Zuckerwasser und wartete geduldig, indem ich von dreihundert an zählte, und zwar rückwärts, was schwerer ist und den Schlaf herbeiführen soll; gerade als ich dabei war, einzuschlafen, kamen mir Zweifel, ob ich das Messer weggelegt hatte oder ob es noch auf dem

Tisch lag. Das war albern, denn ich hatte alles weggeräumt, und ich erinnerte mich, daß ich das Messer in die untere Schublade des Wandschranks gelegt hatte, aber trotzdem. Ich stand auf, und natürlich, es lag da in der Schublade bei den anderen scharfen Messern. Ich weiß nicht, was mich drängte, es in meinem Schlafzimmer zu verwahren, ich holte es sogar für einen Augenblick heraus, aber das ging denn doch zu weit, ich betrachtete mich im Spiegel und schnitt eine Grimasse. Aber auch das machte mir zu dieser Stunde kein Vergnügen, so schenkte ich mir ein Gläschen Anislikör ein, obgleich das unvernünftig war bei meiner Leber, und trank es schlückchenweise im Bett, um endlich Schlaf zu finden; von Zeit zu Zeit war zu hören, wie meine Schwester schnarchte, und wie immer redete oder wimmerte Boby im Schlaf.

Als ich schon fast schlief, sah ich plötzlich alles wieder vor mir, das erste Mal, als Boby meine Schwester gefragt hatte, warum sie böse mit ihm sei, und meine Schwester, die eine Heilige ist, das sagen alle, ihn angesehen hatte, als wäre es ein Scherz, und sogar gelacht hatte, aber ich, die ich dabei war und gerade den Mate aufgoß, erinnere mich, daß Boby nicht lachte, er schien im Gegenteil bekümmert und wollte es wissen, er mußte zu der Zeit schon sieben sein, und wie alle Kinder stellte er ständig seltsame Fragen, ich erinnere mich, daß er mich einmal fragte, warum die Bäume anders seien als wir, und ich ihn meinerseits fragte, ja wieso denn, und Boby sagte: »Aber Tante, im Sommer ziehen sie sich warm an, und im Winter ziehen sie sich alles aus«, und es mir die Sprache verschlug, denn wirklich, dieses Kind; alle sind so, aber schließlich. Und da sah meine Schwester ihn erstaunt an, sie sei nie böse mit ihm gewesen, sagte sie, nur streng manchmal, wenn er sich schlecht benahm oder wenn er krank war und etwas tun sollte, was er nicht gern tat, auch die Mama von Juanita und die von Mario Panzani waren streng mit ihren Kindern, wenn es sein mußte, aber Boby blickte sie weiterhin traurig an, und schließlich erklärte er, daß sie nicht tagsüber böse mit ihm sei, sondern nachts, wenn er schlafe, und wir beide standen wie versteinert da, und ich glaube, ich war es, die ihm zu erklären begann, daß niemand an dem, was in den Träumen geschieht, schuld sei, daß es ein Alptraum gewesen sein müsse, weiter nichts, er brauche sich keine Sorgen zu machen. An dem Tag beharrte er nicht weiter darauf, er war kein schwieriges Kind und akzeptierte unsere Erklärungen immer, aber einige Tage später wachte er laut weinend auf, und als ich an sein Bett kam, umschlang er mich und wollte nicht sprechen, er weinte nur immerzu, sicher wieder ein Alptraum, bis er sich mittags bei Tisch plötzlich erinnerte und erneut meine Schwester fragte, warum sie, wenn er schlafe, so böse mit ihm sei. Diesmal nahm es meine Schwester ernst, sie sagte zu ihm, daß er doch schon groß genug sei, um unterscheiden zu können, wenn es so weitergehe, werde sie Doktor Kaplan rufen, weil er vielleicht Würmer oder eine Blinddarmentzündung habe und man etwas dagegen tun müsse. Ich spürte, daß Boby gleich wieder weinen würde, und beeilte mich, ihm noch einmal zu erklären, daß es nur Alpträume seien, er müsse doch wissen, daß niemand ihn so lieb habe wie seine Mama, nicht einmal ich, die ich ihn doch so gern habe, und Boby hörte sehr ernst zu, trocknete sich eine Träne und sagte, natürlich wisse er das, und er glitt von seinem Stuhl, um meiner Schwester, die ratlos und verlegen dasaß, einen Kuß zu geben, und danach wurde er nachdenklich und starrte in die Luft, und am Nachmittag ging ich zu ihm in den Patio und bat ihn, es mir, seiner Tante, zu erzählen, mir könne er alles anvertrauen, so wie seiner Mama, und wenn er es ihr nicht sagen wolle, dann solle er es mir sagen. Man merkte, daß er nicht sprechen wollte, es fiel ihm einfach zu schwer, aber schließlich sagte er etwas wie, daß nachts alles anders sei, sprach von irgendwelchen schwarzen Kleidern, daß er weder die Hände noch die Füße bewegen könne, jeder hat solche Alpträume, aber es war schon schlimm, daß er ausgerechnet von meiner Schwester so träumte, die so viele Opfer für ihn gebracht hatte, ich sagte ihm das wieder und wieder, und er stimmte mir natürlich zu, aber natürlich.

Bald danach bekam meine Schwester Brustfellentzündung, und da mußte ich mich um alles kümmern, doch Boby machte mir keine Arbeit, denn so klein er war, kam er fast allein zurecht, ich erinnere mich, daß er hereinkam, um meine Schwester zu sehen, neben dem Bett stehenblieb, ohne etwas zu sagen, darauf wartete, daß sie ihn anlächle oder ihm übers Haar streiche, und dann wieder ging, um ganz still im Patio zu spielen oder im Wohnzimmer zu lesen; ich brauchte ihm nicht einmal zu sagen, daß er in diesen Tagen nicht Klavier spielen solle, wo er doch so gern Klavier spielt. Das erste Mal, als ich sah, daß er traurig war, sagte ich ihm, daß es seiner Mama schon besser gehe und daß sie am nächsten Tag kurz aufstehen werde, um sich in die Sonne zu setzen. Boby machte ein seltsames Gesicht und sah mich verstohlen an; ich weiß nicht, aber es kam mir plötzlich in den Sinn und ich fragte ihn, ob er wieder Alpträume habe. Er begann ganz still zu weinen, bedeckte sein Gesicht mit den Händen und sagte dann ja und warum seine Mama so böse mit ihm sei; diesmal merkte ich, daß er Angst hatte, und als ich ihm die Hände herunternahm, um ihm das Gesicht zu trocknen, sah ich ihm die Angst an, und es fiel mir schwer, so zu tun, als ließe mich das kalt, und ihm noch einmal zu erklären, daß es nichts weiter als Träume seien. »Sag ihr nichts davon«, bat ich ihn, »bedenke, daß sie immer noch schwach ist, es würde sie sehr mitnehmen.« Boby stimmte mir schweigend zu, er hatte ja soviel Vertrauen zu mir, aber später mußte ich denken, daß er es zu wörtlich genommen hatte, denn er sprach selbst dann nicht mehr davon, als meine Schwester wieder gesund war, aber ich konnte es ihm manchen Morgen anmerken, wenn ich ihn mit diesem Ausdruck der Verlorenheit aus seinem Zimmer kommen sah, auch wich er mir nicht von der Seite, selbst in der Küche nicht. Ein- oder zweimal konnte ich mich nicht länger zurückhalten und sprach im Patio mit ihm oder wenn ich ihn badete, aber es war immer dasselbe, er strengte sich an, nicht zu weinen, würgte die Worte hervor, warum seine Mama nachts so schlecht zu ihm sei, aber ich konnte nicht weiter in ihn dringen, er weinte zu sehr. Ich wollte nicht, daß meine Schwester davon erführe, denn die Brustfellentzündung hatte sie angegriffen, und es würde sie vielleicht zu sehr bekümmern, ich sagte das auch Boby, und er sah das ein, mir dagegen könne er alles erzählen, er werde schon sehen, wenn er etwas größer sei, werde er diese Alpträume nicht mehr haben; es wäre besser, wenn er abends nicht soviel Brot äße, ich würde Doktor Kaplan fragen, ob er es nicht für ratsam halte, ein Abführmittel zu nehmen, damit er schlafen könne, ohne böse Träume zu haben. Ich habe ihn natürlich nicht gefragt, es war einfach zu peinlich, dem Doktor Kaplan, der so viele Patienten zu betreuen und keine Zeit zu verlieren hatte, mit solchen Dingen zu kommen. Ich weiß nicht, ob ich richtig gehandelt habe, aber Boby machte mir bald nicht mehr soviel Sorgen, manchmal noch sah ich ihn morgens mit diesem etwas verstörten Gesicht und sagte mir, daß er womöglich wieder, und wartete, daß er komme und es mir sage, aber Boby begann zu malen oder ging zur Schule, ohne mir etwas zu sagen, und kam fröhlich und jeden Tag kräftiger und gesünder und mit den besten Noten zurück.

Das letzte Mal war es während der Hitzewelle im Februar, meine Schwester war genesen, und wir führten wieder ein Leben wie vorher. Ich weiß nicht, ob sie etwas merkte, aber ich wollte ihr nichts sagen, denn ich kenne sie und weiß, daß sie viel zu sensibel ist, zumal wenn es sich um Boby handelt, ich kann mich noch genau an die Zeit erinnern, als Boby noch klein war und meine Schwester die Sache mit der Scheidung und all das noch nicht verwunden hatte, als sie es kaum ertragen konnte, wenn Boby weinte oder über die Stränge schlug und ich ihn in den Patio bringen und warten mußte, bis alles sich beruhigt hatte, denn dafür sind wir Tanten da. Ich glaube eher, meine Schwester merkte gar nicht, daß Boby morgens manchmal aus dem Bett kam, als käme er von einer langen Reise zurück, mit diesem Ausdruck tiefer Verstörtheit, den er bis zum Milchkaffee nicht verlor, und wenn wir beiden Frauen dann allein waren, wartete ich immer darauf, daß sie etwas sage, aber nichts; und ich hielt es für falsch, sie an etwas zu erinnern, das sie schmerzlich berühren mußte, ich nahm eher an, daß Boby sie vielleicht wieder einmal fragen würde, warum sie böse mit ihm sei, aber auch Boby meinte wohl, daß er sowas nicht tun dürfe, womöglich erinnerte er sich meiner Bitte und dachte, er dürfe meiner Schwester nie mehr davon sprechen. Mitunter mußte ich denken, daß ich es war, die sich da etwas ausdichtete, sicher träumte Boby nichts Schlechtes mehr von seiner Mutter, mir hätte er es sofort gesagt, damit ich ihn tröste; aber danach, an manchem Morgen, sah ich ihn wieder mit diesem traurigen Gesicht und machte mir erneut Sorgen. Noch ein Glück, daß meine Schwester nichts merkte, nicht einmal das erste Mal, als Boby sie so ansah; ich war beim Bügeln, und er blickte meine Schwester von der Tür des Küchenvorraums aus an, und ich weiß nicht, wie man sowas erklären soll, nur, daß mir das Bügeleisen fast ein Loch in das blaue Nachthemd gebrannt hätte, ich habe es gerade noch rechtzeitig wegziehen können, und Boby blickte meine Schwester, die Teig knetete, um Pasteten zu backen, noch immer so an. Als ich ihn fragte, was er suche, nur um etwas zu sagen, schreckte er zusammen und sagte, nichts, es sei zu heiß draußen, um Ball zu spielen. Ich weiß nicht, in welchem Ton ich ihn gefragt hatte, denn er wiederholte seine Antwort, wie um mich zu überzeugen, und ging dann ins Wohnzimmer und begann zu malen. Meine Schwester sagte, daß Boby sehr schmutzig sei und daß sie ihn am Nachmittag baden werde, so groß er schon sei, vergesse er doch immer, sich die Ohren und die Füße zu waschen. Am Ende war ich es dann doch wieder, die ihn badete, denn nachmittags ermüdete meine Schwester noch sehr schnell, und während ich ihn in der Badewanne einseifte und er mit der Plastikente spielte, von der er sich nie hatte trennen können, entschloß ich mich, ihn zu fragen, ob er zur Zeit besser schlafe.

»Mehr oder weniger«, sagte er, nachdem er sich einen Augenblick damit beschäftigt hatte, die Ente schwimmen zu lassen.

»Was heißt mehr oder weniger? Träumst du häßliche Dinge oder nicht?«
»Neulich nachts, ja«, sagte Boby und tauchte die Ente unter, ohne sie loszulassen.
»Hast du es deiner Mama erzählt?«
»Nein, ihr nicht. Ihr...«
Ohne mir Zeit zu lassen, eingeseift und alles, warf er sich mir an die Brust, umschlang mich weinend und zitternd, brachte mich in tausend Nöte, während ich versuchte, mich von ihm zu befreien, und sein Körper mir zwischen den Händen wegglitschte, bis er von selbst von mir abließ, sich in die Wanne plumpsen ließ, sich das Gesicht mit den Händen bedeckte und laut weinte. Meine Schwester kam herbeigelaufen und glaubte, Boby sei ausgerutscht und habe sich weh getan, aber er schüttelte den Kopf, hörte auf zu weinen, mit einer Anstrengung, die ihm das Gesicht verzerrte, und erhob sich in der Wanne, damit wir selbst sähen, daß ihm nichts passiert war, weigerte sich jedoch zu sprechen, nackt und eingeseift und so allein in seinem Schmerz, den weder meine Schwester noch ich zu lindern vermochten, obgleich wir mit Frotteetüchern und Liebkosungen und Versprechungen kamen.
Danach suchte ich immer nach einer Gelegenheit, Bobys Vertrauen zu mir zu stärken, ohne daß er merke, daß ich ihn zum Sprechen bringen wollte, aber die Wochen gingen dahin, und nie wollte er mir etwas sagen, und wenn ich ihm jetzt etwas anmerkte, lief er sofort weg oder umarmte mich, um mich um Bonbons zu bitten oder um Erlaubnis, mit Juanita und Mario Panzani bis zur Ecke zu gehen. Meine Schwester bat er nie um etwas, er war sehr rücksichtsvoll gegen sie, die im Grunde immer noch etwas kränkelte und sich nicht viel um ihn kümmerte, weil ich ihr stets zuvorkam und Boby sich alles von mir sagen ließ und sogar akzeptierte, daß ich, wenn es nötig war, auch die für ihn unangenehmsten Dinge tat, so daß meine Schwester gar nicht merken konnte, was ich sofort gesehen hatte, diese Art, sie manchmal so anzusehen, in der

Tür stehenzubleiben, bevor er hereinkam, und sie anzublikken, bis ich es bemerkte und er schnell den Blick senkte oder einfach davonlief oder einen drolligen Luftsprung machte. Das mit dem Messer war ein Zufall, ich war gerade dabei, den Wandschrank im Küchenvorraum neu mit Papier auszulegen, und hatte alles Besteck herausgenommen; ich hatte nicht gemerkt, daß Boby hereingekommen war, erst als ich mich umdrehte, um einen weiteren Bogen Papier zuzuschneiden, sah ich, wie er das lange Messer betrachtete. Sogleich spielte er den Zerstreuten, wollte nicht, daß ich etwas merke, aber ich kannte diese seine Art zu blicken schon, und ich weiß nicht, es ist albern, sowas zu denken, es war, als überliefe es mich kalt, als wehte mich ein eisiger Hauch an in diesem bullig warmen Vorraum. Ich war nicht imstande, etwas zu sagen, aber am Abend meinte ich, daß Boby aufgehört hatte, meine Schwester zu fragen, warum sie so böse mit ihm sei, nur manchmal sah er sie an, wie er das lange Messer angesehen hatte, mit diesem anderen Blick. Es konnte natürlich ein Zufall sein, aber es gefiel mir nicht, als ich eine Woche später denselben Ausdruck an ihm bemerkte, während ich gerade mit dem langen Messer Brot schnitt und meine Schwester Boby erklärte, es werde nun langsam Zeit, daß er lerne, seine Schuhe selber zu putzen. »Ja, Mama«, sagte Boby, hatte aber nur Augen für das, was ich mit dem Brot tat, verfolgte jede Bewegung des Messers und wiegte sich dabei ein wenig auf dem Stuhl, fast so, als würde er selbst Brot schneiden; vielleicht dachte er auch an die Schuhe und bewegte sich, als wienere er sie, sicher war es das, was meine Schwester sich dachte, denn Boby war ja so folgsam, so brav.

Am Abend fragte ich mich, ob ich nicht mit meiner Schwester sprechen müsse, aber was sollte ich ihr sagen, wo nichts passierte und Boby die besten Noten der Klasse nach Hause brachte und all das, nur konnte ich nicht einschlafen, denn alles war auf einmal wieder da, war wie ein Teig, der immer zäher wurde, und dann die Angst, doch schwer zu sagen

wovor, denn Boby und meine Schwester schliefen schon, und von Zeit zu Zeit war zu hören, wie sie sich im Bett umdrehten oder seufzten, sie konnten ja so gut schlafen, viel besser als ich, die ich mir die ganze Nacht Gedanken machte. Schließlich nahm ich Boby mit in den Garten, nachdem ich bemerkt hatte, daß er meine Schwester wieder so ansah, ich bat ihn, mir beim Umpflanzen einer Terebinthe zu helfen, und wir unterhielten uns über alles mögliche und er vertraute mir an, daß Juanitas Schwester schon einen Freund habe.
»Warum nicht, sie ist doch schon groß«, sagte ich. »Ach, geh und hol mir doch bitte das lange Messer aus der Küche, ich muß ein paar Wedel dieser Raphiapalme abschneiden.«
Er lief wie immer sofort los, denn niemand war so hilfsbereit wie er, und ich wartete und blickte zum Haus hinüber, um ihn zurückkommen zu sehen, wobei mir einfiel, daß ich ihn eigentlich nach seinen Träumen hätte fragen sollen, bevor ich ihn bat, das Messer zu holen, nur um ganz sicher zu sein. Als er zurückkam, ging er ganz langsam, so als müßte er sich durch die Luft der Siesta einen Weg bahnen, und ich sah, daß er eines der kurzen Messer gewählt hatte, obgleich ich das längere obenauf gelegt hatte, weil ich sicher sein wollte, daß er es sofort sähe, wenn er die Schublade des Wandschranks aufzog.
»Das kann ich nicht brauchen«, sagte ich. Es kostete mich Mühe zu sprechen, das war albern bei einem so kleinen und unschuldigen Jungen wie Boby, aber ich konnte ihm nicht einmal in die Augen sehen. Ich spürte nur den Stoß, als er sich mir in die Arme warf, das Messer fallen ließ und sich an mich drückte, sich fest an mich drückte und schluchzte. Ich glaube, in diesem Augenblick sah ich etwas, das sein letzter Alptraum sein mußte, ich wäre nicht fähig, ihn das zu fragen, aber ich glaube, ich sah, was er das letzte Mal geträumt hatte, bevor er dann keine Alpträume mehr hatte und statt dessen meine Schwester so ansah, das lange Messer so ansah.

Apokalypse in Solentiname

So sind die Ticos[1] nun einmal, eher zurückhaltend, aber immer voller Überraschungen, man steigt in San José de Costa Rica aus dem Flugzeug, und da erwarten einen Carmen Naranjo und Samuel Rovinski und Sergio Ramírez (der aus Nicaragua ist und kein Tico, doch was ist da schon für ein Unterschied, im Grunde ist es dasselbe; welcher Unterschied besteht schon darin, daß ich Argentinier bin, aus Höflichkeit sollte ich sagen, ein Tino[2], und die anderen Nicas[3] oder Ticos). Es war wie gewöhnlich sehr heiß, noch dazu fing alles gleich an, Pressekonferenz mit den üblichen Fragen, warum lebst du nicht in deinem Land, wie kommt es, daß *Blow-Up* ganz anders geworden ist als deine Erzählung, bist du der Meinung, daß ein Schriftsteller engagiert sein muß? Nach allem weiß ich, daß man mich um das letzte Interview vor den Pforten der Hölle bitten wird, und sicher werden es die gleichen Fragen sein, und sollte es *chez Saint Pierre* stattfinden, wird sich an der Sache nicht viel ändern, finden Sie nicht, daß Sie da unten für das Volk viel zu hermetisch geschrieben haben?

Dann das Hotel Europa und die Dusche, die jede Reise krönt und in einem langen Monolog aus Seife und Schweigen besteht. Nur daß um sieben, als es an der Zeit war, durch San José zu schlendern, um zu sehen, ob es wirklich so reizlos und trist ist, wie man mir erzählt hatte, mich jemand an der Jacke packte, und hinter mir stand Ernesto Cardenal, der Dichter, gab das eine Umarmung! wie schön, daß du da bist, nach jener Begegnung in Rom und so vielen Begegnungen im Laufe der Jahre nur auf dem Papier. Immer überrascht es mich, bewegt es mich, wenn jemand wie Ernesto mich aufsucht

1 Ticos werden die Costaricaner genannt (A. d. Ü.).
2 Tinos in Abwandlung von »argentinos« (Argentinier).
3 Nicas werden die Nicaraguaner genannt.

oder mich abholt, du wirst sagen, ich kokettiere mit falscher Bescheidenheit, aber sag's nur, alter Freund, der Schakal heult, aber der Bus fährt weiter, ich werde immer ein Bewunderer sein, jemand, der ganz einfach einige Menschen so sehr liebt, daß man eines Tages auch ihn liebt, das sind Dinge, die stärker sind als ich, doch zu einer anderen Sache.
Die andere Sache war, daß Ernesto von meiner Ankunft in Costa Rica erfahren hatte, und schleunigst war er von seiner Insel mit dem Flugzeug herübergekommen, denn das Vögelchen, das ihm die Nachrichten bringt, hatte ihn davon unterrichtet, daß die Ticos für mich eine Reise nach Solentiname planten, und der Gedanke, mich abzuholen, war für ihn unwiderstehlich, weshalb wir denn zwei Tage später, Sergio, Oscar, Ernesto und ich, eine kleine Piper Aztec, deren Name mir immer ein Rätsel bleiben wird, bis an die Grenzen ihres überaus begrenzten Fassungsvermögens füllten, und die unter Schluckauf und ominösem Magenkollern dahinflog, während der blonde Pilot zum Ausgleich Calypsos einstellte und meine Bemerkung völlig zu ignorieren schien, daß die Aztekin direkt auf die Opferpyramide zufliege. Dem war nicht so, wie man sieht, wir landeten in Los Chiles, und von dort brachte uns ein geradeso holpernder Jeep zur Finca des Dichters José Coronel Urtecho, den mehr Menschen lesen sollten und in dessen Haus wir uns ausruhten und von vielen anderen Dichterfreunden sprachen, von Roque Dalton und Gertrude Stein und Carlos Martínez Rivas, bis dann Luis Coronel kam und wir in seinem Jeep und seinem Motorboot in erschreckender Geschwindigkeit nach Nicaragua fuhren. Vorher aber wurden Erinnerungsfotos gemacht, mit so einer Kamera, aus der man ein himmelblaues Papier herauszieht, auf dem allmählich und wunderbarerweise und polaroid zaghafte Bilder erscheinen, zuerst beunruhigende Ektoplasmen, dann nach und nach eine Nase, krauses Haar, das Lächeln Ernestos mit seinem Nazarener-Stirnband, Doña María und Don José, die sich mehr und mehr von der Veranda abheben. Alle fanden das ganz normal, weil sie

immer diese Kamera benutzten und natürlich daran gewöhnt waren, nicht ich; daß aus dem Nichts, aus dem himmelblauen Papierchen des Nichts diese Gesichter mit ihrem Abschiedslächeln hervorkamen, erfüllte mich mit Bewunderung, und das sagte ich ihnen, ich erinnere mich, Oscar gefragt zu haben, was geschehen würde, wenn einmal, nach einem Familienfoto, auf dem himmelblauen Papierchen des Nichts Napoleon zu Pferd erscheinen würde, und an das schallende Lachen von Don José Coronel, der wie immer alles gehört hatte, aber der Jeep, kommt jetzt, wir fahren zum See.

Es war schon Nacht, als wir in Solentiname ankamen, dort warteten auf uns Teresa, William, ein Gringo-Dichter und die anderen Jungens des Kreises; wir gingen schon bald schlafen, doch vorher sah ich die Bilder in einer Ecke, Ernesto sprach mit seiner Familie und holte aus einem Beutel die Lebensmittel und Geschenke, die er aus San José mitgebracht hatte, irgend jemand schlief in einer Hängematte, und ich sah die Bilder in einer Ecke, begann sie mir anzuschauen. Ich weiß nicht mehr, wer mir erklärte, es seien Arbeiten der Landarbeiter aus der Umgebung, dies hat Vicente gemalt, das da ist von der Ramona, einige signiert, andere nicht, aber alle ganz großartig, noch einmal die ursprüngliche Sicht der Welt, der reine Blick desjenigen, der seine Umwelt beschreibt wie ein Lobgesang: zwergenhaft kleine Kühe in Mohnfeldern, die entzückende Hütte, aus der die Leute wie Ameisen herauskommen, das Pferd mit grünen Augen vor einem Zuckerrohrfeld, die Taufe in einer Kirche, die nicht an die Perspektive glaubt und sich hintüberneigen oder in sich zusammenfallen wird, der See mit Bötchen, die alle aussehen wie Schuhe, und im Hintergrund ein riesiger Fisch, der mit türkisfarbenen Lippen lacht. Dann kam Ernesto und erklärte mir, der Verkauf dieser Bilder helfe, sich über Wasser zu halten, morgen früh wolle er mir Holz- und Steinarbeiten der Landarbeiter zeigen, auch eigene Skulpturen; wir waren hundemüde, und immer noch betrachtete ich mir die Bilder, die in einer Ecke gestapelt waren, holte die großen hervor, die

Leinwand mit den kleinen Kühen und den Blumen und die andere mit der Mutter, die zwei Kinder auf dem Schoß hat, eins ganz in Weiß und das andere in Rot, unter einem Himmel, der so von Sternen übersät war, daß die einzige Wolke sich wie beschämt in eine Ecke drückte, sich gegen den Rahmen preßte, die Leinwand vor lauter Angst verlassen wollte.

Am nächsten Tag war Sonntag und Elf-Uhr-Messe, die Messe in Solentiname, bei der die Landarbeiter und Ernesto und die Freunde, die gerade da waren, gemeinsam ein Kapitel aus dem Evangelium besprechen, und an diesem Tag war es die Gefangennahme Jesu im Garten Gethsemane, ein Thema, das die Leute von Solentiname behandelten, als sprächen sie von sich selbst, von der Bedrohung, der sie jede Nacht und sogar am hellichten Tage ausgesetzt sind, dieses Leben in ständiger Unsicherheit, auf den Inseln und auf dem Festland und in ganz Nicaragua, und nicht nur in Nicaragua, sondern in fast ganz Lateinamerika, ein Leben in Angst und Todesfurcht, so das Leben in Guatemala und in El Salvador, das Leben in Argentinien und in Bolivien, das Leben in Chile und in Santo Domingo, das Leben in Paraguay, das Leben in Brasilien und in Kolumbien.

Dann mußte man schon an die Rückreise denken, und da fielen mir wieder die Bilder ein, ich ging in den Gemeinschaftsraum und betrachtete sie mir im delirierenden Mittagslicht, die Farben, Acryl oder Öl, waren leuchtender und versuchten einander zu übertrumpfen, gleich ob bei Pferdchen oder Sonnenblumen, bei Festen auf der Wiese oder in symmetrischen Palmenhainen. Mir fiel ein, daß ich noch einen Farbfilm in der Kamera hatte, und ging mit einem Armvoll Bilder auf die Veranda hinaus; Sergio, der gerade kam, half mir, sie ins richtige Licht zu stellen, und dann begann ich eines nach dem anderen zu fotografieren, wobei ich darauf achtete, daß jedes Bild den Sucher ganz ausfüllte. Der Zufall wollte es, daß ich gerade noch so viele Aufnahmen hatte, wie Bilder da waren, ich bekam sie alle in den Kasten, und als Ernesto kam, um uns zu sagen, daß das Motorboot startbereit sei, erzählte ich ihm, was ich getan hatte, und er lachte, du Bilderdieb, du Bilderschmuggler. Stimmt, sagte ich, ich nehme sie alle mit, drüben werde ich sie auf meine Bildwand projizieren, und sie werden größer und schöner sein als diese hier, ätsch.

Ich fuhr wieder nach San José, trieb mich ein wenig in Havanna herum, und zurück ging's nach Paris, müde und voller Nostalgie, Claudine, heimlich und verschmitzt, erwartete mich in Orly, wieder das Leben mit der Armbanduhr und *merci monsieur, bonjour madame,* die Komitees, die Kinos, der Rotwein und Claudine, die Mozartquartette und Claudine. Unter so vielen Dingen, die aus den prallvollen Koffern gequollen waren und verstreut auf Bett und Teppich herumlagen, unter Zeitschriften, Zeitungsausschnitten, Taschentüchern und Büchern mittelamerikanischer Dichter, die grauen Plastikhüllen mit den Filmen, so vieles fotografiert während der zwei Monate, die Bilderserie von der Lenin-Schule in Havanna, die Straßen in Trinidad, die verschiedenen Ansichten des Irazú-Vulkans und sein Kratersee mit kochendem grünem Wasser, auf dem Samuel, Sarita und ich uns gebratene Enten vorgestellt hatten, die dort zwischen den Schleiern der Schwefeldämpfe herumschwimmen. Claudine brachte die Rollen zum Entwickeln, und eines Nachmittags, als ich durchs Quartier Latin schlenderte, fielen sie mir wieder ein, und da ich den Schein in der Tasche hatte, holte ich sie ab, es waren acht, gleich mußte ich an die Bilder von Solentiname denken, und als ich zuhause war, suchte ich in den Kästchen nach ihnen, indem ich mir das erste Dia von jeder Serie ansah, denn ich erinnerte mich, daß ich vor diesen Bildern die Messe von Ernesto aufgenommen hatte, und die Kinder, die unter Palmen spielten, genau wie auf den Malereien, Kinder und Palmen und Kühe vor einem gewaltig blauen Himmel und einem See, der eher grün war, vielleicht auch umgekehrt, ich weiß nicht mehr genau. Ich steckte das Kästchen mit den Dias von den Kindern und der Messe ins Magazin, denn danach,

das wußte ich, kamen die Malereien, bis zum Ende des Films.
Es wurde dunkel, und ich war allein. Claudine wollte nach der Arbeit kommen, um Musik zu hören und bei mir zu bleiben; ich baute die Leinwand auf und machte mir einen Rum mit viel Eis, der Projektor, das Magazin und die Fernsteuerung, alles bereit; es war nicht nötig, die Vorhänge zuzuziehen, die Nacht kam mir hilfreich entgegen und entfachte den Duft des Rums; es war eine schöne Vorstellung, daß alles noch einmal an mir vorbeiziehen würde, und nach den Bildern von Solentiname würde ich mir die Fotos aus Cuba ansehen, doch warum zuerst die Malereien, warum zuerst die künstlerische Deformierung, zuerst die Kunst und dann das Leben, aber warum nicht, meinte der andere in seinem ewigen, nicht zu beschwichtigenden, brüderlichen, unversöhnlichen Dialog, warum nicht zuerst die Malereien von Solentiname ansehen, auch sie sind das Leben, es ist doch alles eins.
Zuerst kamen die Fotos von der Messe, sie waren nicht besonders geworden, waren falsch belichtet, die Kinder dagegen spielten in der Sonne, wie weiß ihre Zähne sind. Nur ungern drückte ich auf den Knopf, ich hätte mir jedes dieser Bilder, die von Erinnerung gesättigt waren, viel länger betrachten können, kleine zerbrechliche Welt von Solentiname, umgeben von Wasser und Schergen wie dieser Junge, den ich nun sah, ohne zu begreifen, ich hatte auf den Knopf gedrückt und da war der Junge, in der Mitte des Bildes, ganz deutlich zu sehen, ein breites, glattes Gesicht voll ungläubigem Staunen, während sein Körper sich vornüberneigte, ein sauberes Loch mitten in der Stirn, die Pistole des Offiziers markierte noch die Flugbahn der Kugel, die anderen neben ihm mit Maschinenpistolen, ein verschwommener Hintergrund, Häuser und Bäume.
Man denkt und denkt, aber es überrumpelt einen, man kommt nicht mehr mit; ich sagte mir, die im Fotogeschäft haben sich geirrt, haben mir die Bilder eines anderen Kunden

gegeben, aber Unsinn, da war die Messe, da waren die auf der Wiese spielenden Kinder, wie also? Auch meine Hand war nicht mehr meine Hand, als sie auf den Knopf drückte, da war unter freiem Himmel eine unabsehbare Salpetergrube, zwei oder drei Schuppen aus verrostetem Blech, links eine Menge Menschen, die die Toten betrachten, die dort liegen, auf dem Rücken, die Arme ausgebreitet, unter einem nackten und grauen Himmel; man mußte genau hinsehen, um im Hintergrund die abziehende Gruppe von Uniformierten zu erkennen, den Jeep, der auf einer Anhöhe wartet.

Gewiß, ich habe weitergemacht; angesichts dessen, was jeder Vernunft zuwiderlief, konnte ich nur weitermachen und auf den Knopf drücken, da war die Ecke Corrientes – San Martín und der schwarze Wagen mit den vier Kerlen, die auf jemanden zielten, der im weißen Hemd und in Hausschuhen den Gehweg entlangrannte, zwei Frauen suchten Schutz hinter einem abgestellten Lkw, jemand schaut mich an, ein Gesicht ungläubigen Entsetzens, er führt die Hand ans Kinn, als wolle er sich betasten, fühlen, daß er noch lebt, und plötzlich der fast dunkle Raum, schmutziges Licht dringt von oben durch das vergitterte kleine Fenster, der Tisch mit dem nackten Mädchen darauf, es liegt auf dem Rücken, und sein Haar hängt bis auf den Boden, die dunkle Gestalt davor, die ihm ein Kabel zwischen die gespreizten Beine steckt, zwei Kerle von vorn, die miteinander reden, blaue Krawatte, grüner Pullover. Ob ich weiter auf den Knopf drückte oder nicht, ich war mir dessen nicht bewußt, da war eine Lichtung, im Vordergrund eine strohgedeckte Hütte und Bäume, am vordersten Stamm lehnt ein hagerer junger Mann und schaut nach links, wo eine nicht deutlich auszumachende Gruppe, fünf oder sechs, die dicht beieinander stehen, mit Gewehren und Pistolen auf ihn anlegen; der Junge mit dem schmalen Gesicht, dem eine Haarsträhne in die dunkle Stirn fällt, sieht sie an, eine Hand halb erhoben, die andere wahrscheinlich in der Hosentasche, es sah so aus, als werfe er ihnen ein paar Worte zu, lässig, fast mürrisch, und obgleich das Foto unscharf war, spürte ich, wußte ich, sah ich, daß der Junge Roque Dalton war, und da, ja da habe ich auf den Knopf gedrückt, als könnte ich ihn damit vor diesem schändlichen Tod bewahren, und sah schließlich ein Auto, das mitten in einer Stadt, die Buenos Aires oder São Paulo sein mochte, in die Luft flog, und ich drückte weiter auf den Knopf, immer weiter, und sah zwischen Feuerstößen blutüberströmte Gesichter und zerfetzte Körper, Frauen und Kinder, die einen Abhang hinunterrennen, in Bolivien oder Guatemala, und auf einmal füllte sich die Bildwand mit Quecksilberlicht und Leere, und mit Claudine, die leise hereingekommen war und ihren Schatten auf die Leinwand warf, bevor sie sich bückte, mir einen Kuß aufs Haar gab und fragte, ob die Fotos schön seien, ob ich mit ihnen zufrieden sei, ob ich sie ihr zeigen wolle.

Ich schob das Magazin zurück und stellte es wieder auf Null, man weiß nicht, wie noch warum man gewisse Dinge tut, wenn eine bestimmte Grenze überschritten ist, von der man ebenfalls nichts weiß. Ohne Claudine anzusehen, denn sie hätte sofort begriffen oder einfach Angst gehabt vor dem, was mein Gesicht sein sollte, ohne ihr etwas zu erklären, denn von der Kehle bis zu den Zehenspitzen war alles ein einziger Knoten, stand ich auf, drückte sie behutsam in meinen Sessel und sagte wohl etwas wie, daß ich ihr ein Glas holen wolle, sie solle sich schon mal die Bilder anschauen, sie solle sich die Bilder anschauen, während ich ihr etwas zu trinken hole. Im Bad habe ich mich, glaube ich, erbrochen, oder habe nur geweint und mich dann erbrochen, oder nichts von beidem und nur auf dem Rand der Badewanne gehockt und die Zeit verrinnen lassen, bis ich in die Küche gehen konnte und Claudine ihr Lieblingsgetränk mixte, das Glas mit Eis füllte und dann die Stille spürte, mich wunderte, daß Claudine weder schrie noch zu mir gerannt kam, nichts als Stille und zwischendurch der schmalzige Bolero aus der Wohnung nebenan. Ich weiß nicht, wie lange ich für die paar Meter von der Küche ins Wohnzimmer brauchte, um dann die Rückseite der Leinwand zu sehen, gerade in dem Augenblick, als Claudine zuende gesehen hatte und der Raum durch den Widerschein der Quecksilberlampe plötzlich hell wurde, und dann das Halbdunkel, Claudine schaltete den Projektor aus und lehnte sich im Sessel zurück, nahm das Glas und lächelte mich sanft an, glücklich und wohlig und zufrieden.

»Wie schön sie geworden sind, das mit dem lachenden Fisch und die Mutter mit den zwei Kindern und die kleinen Kühe auf dem Feld; und das andere mit der Taufe in der Kirche, sag mal, wer hat die gemalt, sie sind nicht signiert.«

Ich saß auf dem Boden, ohne sie anzuschauen, langte nach meinem Glas und trank es in einem Zuge aus. Ich wollte ihr nichts sagen, was sollte ich ihr jetzt auch sagen, aber ich erinnere mich, daß ich nahe daran war, sie etwas Dummes zu fragen, sie zu fragen, ob sie denn nicht auch ein Foto mit Napoleon zu Pferd gesehen habe. Aber ich hab sie natürlich nicht gefragt.

San José, Havanna, April 1976

Die zwei Seiten der Medaille

Für diejenige, die dies eines Tages lesen wird, zu spät, wie immer.

Die Büros des CERN lagen alle an einem düsteren Korridor, und Javier trat gern dort hinaus, um eine Zigarette zu rauchen, wobei er auf und ab ging und sich Mireille hinter der Tür links vorstellte. Es war das vierte Mal in drei Jahren, daß er, als Angestellter auf Zeit, in Genf arbeitete, und bei jeder Rückkehr begrüßte Mireille ihn herzlich und lud ihn zusammen mit zwei anderen Ingenieuren, einer Sekretärin und einem Stenotypisten, der Jugoslawe und ein Dichter war, zum 5-Uhr-Tee ein. Uns gefiel das kleine Ritual, denn es wurde nicht täglich und darum auch nicht mechanisch vollzogen; alle drei oder vier Tage, wenn wir uns im Aufzug oder auf dem Korridor trafen, lud Mireille ihn ein, sich mit den Kollegen zur Teestunde einzufinden, die sie an ihrem Schreibtisch improvisierte. Vielleicht war ihr Javier sympathisch, weil er aus seinem Überdruß keinen Hehl machte und nicht übel Lust hatte, alles hinzuschmeißen und nach London zurückzukehren. Man wußte nicht recht, warum sie ihn überhaupt einstellten, jedenfalls waren Mireilles Kollegen erstaunt über seine verächtliche Einstellung zur Arbeit und daß er seine Berechnungen und Entwürfe bei leichter Musik aus dem japanischen Transistorradio machte. Nichts schien uns damals einander näherzubringen, Mireille saß stundenlang an ihrem Schreibtisch, und es nützte nichts, daß Javier eine absurde Kabbala trieb, um sie herauskommen zu sehen, nachdem er dreiunddreißigmal auf dem Korridor auf und ab gegangen war; und wäre sie herausgekommen, hätten sie doch nur nichtssagende Worte gewechselt, ohne daß es Mireille in den Sinn gekommen wäre, daß er dort in der Hoffnung auf und ab ging, sie herauskommen zu sehen, wie er das auch aus bloßer Spielerei tat, um zu sehen, ob Mireille vor dreiunddreißig, oder wieder ein Fehlschlag. Wir kannten uns kaum, im CERN kennt keiner keinen richtig, die Pflicht, soundsoviele Stunden pro Woche zusammenzusein, schafft Spinngewebe der Freundschaft oder der Feindschaft, die jeder Wind des Urlaubs oder der Entlassung zerreißt. Derlei spielten wir während dieser zwei Wochen, die jedes Jahr wiederkehrten, aber für Javier bedeutete die Rückkehr nach London auch Eileen und eine langsame, unaufhaltsame Abnützung von etwas, das einmal den Reiz des Verlangens und der Wonne gehabt hatte, Eileen, eine Wildkatze, die auf dem Stier des Überdrusses und der Gewohnheit ritt. Mit ihr war er mitten in der Stadt auf Safari gegangen, Eileen hatte ihn begleitet, auf dem Piccadilly Circus Antilopen zu jagen, in Hampstead Heath Biwakfeuer anzuzünden, alles war so überstürzt verlaufen wie in einem Stummfilm, bis zu einem letzten Vivace der Liebe in Dänemark, oder war es Rumänien, dann auf einmal die Divergenzen, die ihnen immer schon bekannt waren, doch die sie geleugnet hatten, die Karten, die beim Spiel gezogen werden und das Glück modifizieren, Eileen wollte lieber ins Kino als ins Konzert gehen, oder umgekehrt, Javier ging allein Schallplatten kaufen, weil Eileen sich das Haar waschen mußte, sie, die es sich sonst nur wusch, wenn sie wirklich nichts anderes zu tun hatte, die etwas gegen Hygiene hatte und, bitte, trockne mir das Gesicht ab, ich habe Shampoo in den Augen. Der erste Vertrag mit dem CERN war gekommen, als sie sich schon nichts mehr zu sagen hatten, doch ging das Leben in der Wohnung am Earl's Court routinemäßig weiter, die Liebe war wie die Suppe oder die *Times,* wie Tante Rosa und ihre Geburtstage auf dem Landgut bei Bath, wie die Gasrechnungen. All dies, das jetzt eine trübe Leere war, eine Gegenwart, die, obgleich vergangen, immer wiederkehrte, mischte sich in das Aufundabgehen Javiers auf dem Korridor vor den Büros, fünfundzwanzig, sechsundzwanzig, siebenundzwanzig, vielleicht noch vor dreißig die Tür und Mireille und Hallo, Mireille, die Pipi machen ginge oder den englischen Statistiker mit dem weißen Backenbart nach ein paar Daten fragen wollte, die brünette, reservierte Mireille mit ihrer bis zum Hals geschlossenen Bluse, wo etwas leise pochen mußte, das Vöglein eines Lebens ohne allzu viele Wechselfälle, im Innersten eine Mutter, irgendeine unglückliche Liebe ohne Nachspiel, Mireille, schon etwas altjüngferlich, ein bißchen Bürodame, doch manchmal pfiff sie im Aufzug ein Thema von Mahler, sie kleidete sich ohne Extravaganz, fast immer in Braun, oder sie trug ein Schneiderkostüm, für ihr Alter viel zu gesetzt, ihre Zurückhaltung zu streng.

Nur einer von beiden schreibt dies, aber das ist einerlei, es ist, als schrieben wir es gemeinsam, obwohl wir nie wieder zusammenkommen werden, Mireille wird in ihrem Häuschen in der Nähe von Genf bleiben, Javier wird durch die Welt reisen und immer wieder in seine Wohnung in London zurückkehren, hartnäckig wie eine Fliege, die sich hundertmal auf denselben Arm setzt, denn da war Eileen. Wir beide schreiben es, so wie eine Medaille zugleich ihre Vorderseite und ihre Rückseite ist, die nie zusammenfinden werden, die sich dann und wann nur flüchtig im Doppelspiel der Spiegel des Lebens erblicken. Nie werden wir mit Sicherheit wissen, für wen von beiden sie schmerzlicher ist, diese Art, nicht da zu sein, die der jeweils andere besitzt, jeder für sich. Mireille weint manchmal, wenn sie ein bestimmtes Quintett von Brahms hört, allein am Abend in ihrem Wohnzimmer mit dunklen Deckenbalken und Bauernmöbeln, in das mitunter der Duft der Rosen aus dem Garten dringt. Javier kann nicht weinen, seine Tränen verdichten sich vornehmlich zu Alpträumen, die ihn neben Eileen brutal wecken und von denen er sich befreit, indem er Cognac trinkt und Texte schreibt, die nicht unbedingt die Alpträume zum Inhalt haben, wenngleich manchmal doch, manchmal faßt er sie in unnütze Worte, und für eine Weile ist dann er der Herr, entscheidet er, was ausgesprochen werden oder was allmählich ins trügerische Vergessen eines neuen Tages gleiten soll.

Wir beide wissen, jeder auf seine Weise, daß es ein Irrtum war, ein vermeidbares Mißverständnis, das zu vermeiden jedoch keiner fähig war. Wir müssen sagen, daß wir nie über uns geurteilt haben, daß wir einfach hingenommen haben, daß die Dinge sich so ergaben und daß man nicht mehr tun konnte, als wir getan haben. Ich weiß nicht, ob wir damals an so etwas wie Stolz, Entsagung, Enttäuschung gedacht haben, ob nur Mireille oder nur Javier so etwas dachte, während der andere es wie etwas Unabänderliches hinnahm, sich einer Ordnung der Dinge unterwarf, die sie beide umfaßte und beherrschte; es wäre zu einfach, sich jetzt zu sagen, daß alles von einem plötzlichen Aufbegehren hätte abhängen können, die Nachttischlampe anknipsen, wenn Mireille das nicht wollte, oder Javier zurückhalten, um ihn die ganze Nacht neben sich zu haben, wenn er schon seine Sachen suchte und sich wieder anziehen wollte; es wäre zu einfach, es dem Taktgefühl zuzuschieben, daß man unmöglich brutal oder hartnäckig oder großzügig hatte sein können. Bei einfachen oder ungebildeten Menschen wäre alles anders verlaufen, vielleicht hätte in einer Ohrfeige oder in einer Schimpfrede die Barmherzigkeit gelegen und hätte ihnen den rechten Weg gezeigt, den der Anstand uns höflich versagte. Unsere Rücksichtnahme war die Folge einer Lebensweise, die uns zusammenhielt wie die zwei Seiten der Medaille; wir nahmen es hin, jeder auf seiner Seite, Mireille mit distanziertem, entsagungsvollem Schweigen, Javier, indem er ihr seine schon lächerliche Hoffnung einflüsterte und schließlich mitten im Satz, mitten in einem letzten Brief verstummte. Und nach alldem bleibt uns nur die klägliche Aufgabe, uns weiterhin anständig zu verhalten, weiterzuleben mit der vergeblichen Hoffnung, daß das Vergessen uns nicht allzusehr vergessen möge.

Eines Tages trafen wir uns bei Mireille zu Hause, fast notgedrungen hatte sie ihn mit anderen Kollegen zum Mittagessen eingeladen, sie konnte gar nicht anders, als Gabriela und Tom, während sie in Mireilles Büro Tee tranken, auf das Essen anspielten, und Javier hatte gedacht, daß es doch recht traurig war, daß Mireille ihn bloß unter gesellschaftlichem

Druck einlud, aber dann hatte er eine Flasche Jack Daniels gekauft und das Häuschen in der Nähe von Genf kennengelernt, den kleinen Rosengarten und das Barbecue, das Tom zelebrierte, bei Cocktails und einer Platte von den Beatles, die nicht Mireille gehörte, die bestimmt nicht aus der hehren Schallplattensammlung Mireilles stammte, sondern die Gabriela aufgelegt hatte, weil für sie und Tom und den halben CERN die Luft ohne diese Musik zum Ersticken war. Wir sprachen nicht viel, irgendwann führte Mireille ihn durch den Rosengarten, und er fragte sie, wie ihr Genf gefalle, aber sie blickte ihn nur an und zuckte die Achseln, er sah, wie sie sich mit Tellern und Gläsern abmühte, hörte sie leise fluchen, ein Splitter in der Hand, ein Haufen Scherben, und vielleicht war es in dem Augenblick, daß er sie zum ersten Mal begehrte, die Haarsträhne, die ihr in die Stirn hing, die Bluejeans, die ihre Taille betonten, die etwas dunkle Stimme, die sicherlich Arien singen und mit einem samtenen Gemurmel Bedeutendes sagen konnte. Am Wochenende kehrte er nach London zurück, Eileen war in Helsinki, ein Zettel auf dem Tisch berichtete von einem gut bezahlten Job, drei Wochen, im Kühlschrank ist noch ein Huhn, Küsse.

Beim nächsten Mal war der CERN mitten in einer Konferenz auf höchster Ebene, Javier mußte wirklich arbeiten, und Mireille schien ihn zu bedauern, als er ihr das zwischen dem fünften Stock und der Straße im Trauerton mitteilte; sie schlug ihm vor, zusammen ein Klavierkonzert zu besuchen, sie gingen hin, waren bei Schubert einer Meinung, nicht bei Bartók, sie tranken etwas in einem fast leeren Café, sie besaß einen alten englischen Wagen und brachte ihn in sein Hotel, er hatte ihr eine Schallplatte mit Madrigalen mitgebracht, und es war schön, daß sie sie noch nicht kannte, daß er sie nicht umzutauschen brauchte. Sonntag auf dem Lande, die große Helle eines Nachmittags, fast zu schweizerisch, wir ließen das Auto in einem Dorf stehen und wanderten durch die Weizenfelder, da erzählte ihr Javier von Eileen, nur um etwas zu erzählen, ohne Notwendigkeit, und Mireille hörte ihm schweigend zu, ersparte ihm das Mitgefühl und Bemerkungen, die er sich jedoch irgendwie gewünscht hätte, denn er erhoffte sich von ihr etwas, das dem, was er empfand, zu ähneln begönne, seinem Verlangen, sie zärtlich zu küssen, sie an einen Baumstamm zu lehnen und ihre Lippen, ihren ganzen Mund zu erkunden. Auf dem Rückweg sprachen wir kaum über uns, wir ließen uns von den Feldwegen führen, die an jeder Biegung neuen Gesprächsstoff boten, die Hecken, die Kühe, ein Himmel mit silbrigen Wolken, die Ansichtskarte des braven Sonntags. Doch als wir zwischen Zäunen einen Hang hinunterliefen, fühlte Javier Mireilles Hand nahe der seinen und faßte nach ihr, und sie liefen weiter, als trieben sie sich gegenseitig an, und schon im Auto lud Mireille ihn ein, den Tee in ihrer Hütte zu trinken (sie nannte ihr Häuschen gern Hütte, weil es keine war, aber etwas von einer Hütte hatte) und Schallplatten zu hören. Die Zeit setzte aus, eine Linie, die im Rhythmus der Zeichnung plötzlich abbricht und an einer anderen Stelle des Blattes von neuem beginnt, auf der Suche nach einer neuen Richtung.

An diesem Abend zogen wir eine sehr klare Bilanz: Mahler ja, Brahms ja, das Mittelalter insgesamt ja, Jazz nein (Mireille), Jazz ja (Javier). Vom Rest sprachen wir nicht, blieben noch zu erkunden die Renaissance und das Barock, Pierre Boulez und John Cage (aber daß Mireille für Cage, nein, das war sicher, obgleich sie nicht über ihn gesprochen hatten, und wahrscheinlich Boulez als Komponist nein, wogegen als Dirigent ja, diese wichtigen Nuancierungen). Drei Tage darauf gingen wir in ein Konzert, aßen in der Altstadt, eine Postkarte von Eileen war gekommen und für sie ein Brief von ihrer Mutter, aber wir sprachen nicht darüber, alles war noch Brahms und ein Weißwein, der Brahms gemundet hätte, wir waren ganz sicher, daß Brahms diesen Weißwein goutiert hätte. Mireille setzte ihn am Hotel ab, und sie küßten sich auf die Wangen, vielleicht nicht ganz so flüchtig, wie man sich die Wangen küßt, aber auf die Wangen. In dieser Nacht beantwortete Javier die Postkarte von Eileen, und Mireille goß im Mondschein ihre Rosen, nicht aus einer romantischen Anwandlung heraus, denn sie war überhaupt nicht romantisch, sondern weil sie keinen Schlaf finden konnte.

Über Politik wurde nicht gesprochen, abgesehen von gelegentlichen Bemerkungen, die nach und nach zeigten, daß wir zum Teil verschiedene Ansichten hatten. Vielleicht hatten wir uns dem Thema nicht stellen wollen, vielleicht waren wir zu feige dazu; beim Tee im Büro wurde offen Stellung bezogen, der Stenotypist und Dichter wetterte gegen die Israelis, Gabriela dagegen fand sie großartig, Mireille sagte nur, daß sie im Recht seien und ganz gewiefte Burschen, Javier lächelte ihr ohne Ironie zu und bemerkte, daß man genau dasselbe von den Palästinensern sagen könnte. Tom war für eine internationale Regelung mit Blauhelmen und dem ganzen Theater, im übrigen gab es Tee und Vermutungen darüber, was sie in dieser Woche an Arbeit erwarte. Irgendwann würden wir ernsthaft über all das sprechen, jetzt genügte es uns, einander anzusehen und uns wohl zu fühlen, uns zu sagen, daß wir schon bald einen Beethovenabend in der Victoria Hall erleben würden; darüber sprachen wir in der Hütte, Javier hatte Cognac mitgebracht und ein drolliges mechanisches Spielzeug, das Mireille sehr gefallen würde, wie er meinte, doch das sie höchst albern fand, obgleich sie es dann trotzdem aufs Regal stellte, es aufzog und seinen Verrenkungen freundlicherweise zusah. An diesem Nachmittag gab es Bach, das Violoncello von Rostropowitsch und ein Licht, das langsam abnahm wie der Cognac in den geschliffenen Gläsern. Nichts war so charakteristisch für uns wie dieses schweigende Einvernehmen, nie mußten wir Einwände erheben oder eine Bemerkung herunterschlucken; erst später, beim Wechseln der Platte, stellten sich die ersten Worte ein. Javier sagte sie, den Blick auf den Boden gerichtet, er fragte einfach, ob er einmal das von ihr erfahren dürfe, was sie über ihn schon wußte, ihr London und ihre Eileen.

Ja, natürlich könne er das erfahren, aber nicht jetzt, auf keinen Fall jetzt. Manchmal, in der Jugendzeit, von der es sonst nur Gutes zu erzählen gab, hatte es Tage gegeben, da alles sehr bedrückend war. Im Halbdunkel spürte Javier, daß ihre Worte wie feucht waren, ein plötzliches Sichgehenlassen, aber schon trocknete sie sich mit dem Ärmel die Augen, ohne ihm Zeit zu lassen, mehr zu fragen oder sie um Verzeihung zu bitten. Beschämt schlang er einen Arm um sie, suchte ihr Gesicht, das ihn zwar nicht abwies, aber aussah, als wäre es anderswo, in einer anderen Zeit. Er wollte sie küssen, doch sie rückte zur Seite und murmelte eine Entschuldigung, noch etwas Cognac, es sei nichts, er solle sie nicht drängen.

Alles verwischt sich mit der Zeit, wir könnten uns nicht genau erinnern, was in diesen Wochen vorher oder nachher geschah, an die Reihenfolge der Spaziergänge oder der Konzerte, der gemeinsamen Museumsbesuche. Vielleicht hätte Mireille die Sequenzen in ihrer Reihenfolge besser ordnen können, Javier tat nichts weiter, als seine wenigen Karten aufzudecken, die baldige Rückkehr nach London, Eileen, die Konzerte, durch eine schlichte Bemerkung erfuhr er Mireilles Religion, ihren Glauben und ihre Wertvorstellungen, das, was bei ihm nur die Hoffnung auf eine Gegenwart war, die fast immer geschmälert wurde. Nachdem wir uns in einem Café lachend darum gestritten hatten, wer bezahlt, sahen wir uns an wie alte Freunde, plötzlich Kameraden, wir sagten uns Schimpfworte, die jedes Sinns entbehrten, Tatzenhiebe spielender Bären. Als wir in die Hütte zurückkehrten, um Musik zu hören, war zwischen ihnen ein anderer Ton aufgekommen, eine neue Vertraulichkeit, mit der er ihr beim Betreten des Hauses in die Seite puffte, Javier hatte das Recht, sich selbst ein Glas zu holen, oder konnte sie bitten, nicht Telemann, zuerst Lotte Lehmann, und viel, viel Eis in den Whisky. Alles schien sich verkehrt zu haben, Javier spürte es, und etwas verwirrte ihn, ohne daß er wußte, was, ein Angekommensein vor der Ankunft, ein Hausrecht, das niemand ihm gegeben hatte. Beim Musikhören sahen wir uns nie an, es genügte, da auf dem alten Ledersofa zu sitzen, während es dämmrig wurde und Lotte Lehmann sang. Als er ihren Mund suchte und seine Finger über die Wölbung ihres Busens strichen, hielt Mireille still, ließ sich küssen und erwiderte seinen Kuß und überließ ihm für eine Sekunde ihre Zunge und ihren Speichel, doch immer noch reglos, ohne seiner Geste, sie aus dem Sessel zu heben, entgegenzukommen, blieb stumm, während er ihr seine Bitte stammelte, sich all das von ihr wünschte, was schon auf der ersten Treppenstufe wartete, in der Nacht ganz für sie beide allein.

Auch er wartete, glaubte zu verstehen und bat sie um Verzeihung, doch zuvor, den Mund noch ganz nahe ihrem Gesicht, hatte er sie gefragt, warum, hatte sie gefragt, ob sie noch Jungfrau sei, und Mireille hatte verneint, indem sie den Kopf senkte und ihn von unten her anlächelte, als wäre es dumm und überflüssig, sie das zu fragen. Sie hörten noch eine Platte, aßen Kekse und tranken etwas, es war schon tiefe Nacht, er müsse jetzt gehen. Wir standen gleichzeitig auf, Mireille ließ sich umarmen, als hätte sie alle Kraft verloren, sie sagte nichts, als er ihr noch einmal seinen Wunsch zuflüsterte; sie stiegen die schmale Treppe hinauf, und auf dem Treppenabsatz trennten sie sich, es entstand jene Pause, da man Türen öffnet und Licht macht, sie bat ihn zu warten und verschwand und kam lange nicht wieder, während Javier sich im Schlafzimmer wie außerhalb seiner selbst fühlte, nicht einmal denken konnte, daß er das nicht hätte zulassen dürfen, daß es so nicht sein durfte, dies Warten, die Vorkehrungen, die sie wahrscheinlich traf, diese geradezu entwürdigende Routine. Er sah sie in einem Bademantel aus weißem Frottee zurückkommen, ans Bett treten, die Hand nach der Nachttischlampe ausstrecken. Laß das Licht an, bat er sie, aber Mireille schüttelte den Kopf und machte es aus, ließ ihn sich im Dunkeln ausziehen, nach dem Bettrand tasten, neben ihren unbeweglichen Körper gleiten.

Wir haben nicht miteinander geschlafen. Wir waren nahe daran, nachdem Javier mit Händen und Lippen den stillen Körper erkundet hatte, der ihn im Finstern erwartete. Doch ihn verlangte nach anderem: sie bei Licht sehen, ihre Brüste und ihren Bauch, ihr die Schulter streicheln, Mireilles Hände auf seinem eigenen Körper sehen, diese Lust, die der Lust voraufgeht, in tausend Details erleben. Bei der völligen Stille und Dunkelheit, bei der Zurückhaltung und Ängstlichkeit, die von der unsichtbaren und stummen Mireille ausgingen, wich alles der Unwirklichkeit eines Dämmerschlafs, doch er war unfähig, sich dagegen aufzulehnen, aus dem Bett zu springen und Licht zu machen, einen notwendigen, prächtigen Willen durchzusetzen. Er dachte dunkel, daß dann, wenn sie ihn erst kennengelernt hätte, wenn es zu wahrer Vertrautheit käme, aber die Stille und das Dunkel und das Ticktack der Uhr auf der Kommode waren stärker. Er stammelte eine Entschuldigung, die sie mit einem freundschaftlichen Kuß zum Verstummen brachte, preßte sich dann an ihren Körper, fühlte sich unendlich müde, vielleicht schlief er einen Augenblick.

Vielleicht haben wir beide geschlafen, ja, vielleicht war jeder in dieser Stunde sich selbst überlassen, selbstverloren. Mireille stand als erste auf und machte Licht, in ihren Bademantel gehüllt, ging sie ins Bad, während Javier sich mechanisch anzog, unfähig zu denken, der Mund ganz pelzig, und im Magen brannte ihm der Cognac. Sie sprachen kaum, sahen sich kaum an, Mireille sagte, es mache doch nichts, an der Ecke stünden immer Taxis, sie begleitete ihn hinunter. Er war nicht imstande, die starre Kette von Ursachen und Folgen zu sprengen, die überkommene Routine zu durchbrechen, die, schon lange bevor es sie beide gab, von ihm verlangte, sich zu beugen und mitten in der Nacht die Hütte zu verlassen; er dachte nur, daß sie am nächsten Tag ruhiger miteinander sprechen könnten, daß er versuchen würde, ihr zu erklären, aber was erklären. Und tatsächlich sprachen sie miteinander, in demselben Café wie immer, und Mireille sagte noch einmal, daß es nichts mache, es sei völlig unwichtig, ein andermal ginge es vielleicht besser, nicht der Rede wert. In drei Tagen würde er nach London zurückkehren, doch als er sie fragte, ob er sie zur Hütte begleiten dürfe, sagte sie nein, besser nicht. Wir vermochten nichts weiter zu tun oder zu sagen, konnten nicht einmal zusammen schweigen, uns an einer Ecke umarmen, uns in einem Blick begegnen. Es war, als erwartete Mireille von Javier etwas, das er von Mireille erwartete, es war das eine Frage der Initiative oder des Vorrangs, des ersten Schritts, den nun einmal der Mann tut, und der Folgsamkeit seitens der Frau, die von anderen beschlossene, von außen übernommene unabänderliche Rangordnung; wir aber waren einen Weg gegangen, auf dem keiner dem anderen vorangehen, keiner die harmonische Parität verletzen wollte; nicht einmal jetzt, da wir wußten, daß dieser Weg der falsche war, waren wir fähig, aufzubegehren, das Licht anzuknipsen, uns über die unnötigen Zeremonien hinwegzusetzen, über die Bademäntel und das es macht doch nichts, mach dir nichts draus, ein andermal geht's besser. Es wäre besser gewesen, hätten wir das gleich eingesehen. Es wäre besser gewesen, hätten wir gemeinsam rezitiert: Aus lauter Taktgefühl versäumen wir unser Leben; der Dichter hätte uns verziehen, daß wir auch für uns sprachen.

Wir sahen uns viele Monate nicht. Javier schrieb ihr natürlich, und pünktlich erhielt er ein paar Zeilen von Mireille, so herzlich wie reserviert. Dann begann er, sie abends anzurufen, fast immer sonnabends, wenn sie, wie er sich vorstellte, in ihrer Hütte allein war, und entschuldigte sich, falls er sie bei einem Quartett oder einer Sonate störe, aber Mireille antwortete stets, sie habe gerade gelesen oder sich im Garten zu schaffen gemacht, es sei sehr schön, daß er um diese Zeit anrufe. Als sie sechs Monate später nach London fuhr, um eine kranke Tante zu besuchen, reservierte Javier ihr ein Hotelzimmer, sie trafen sich auf dem Bahnhof und besuchten die Museen, schlenderten durch die King's Road, amüsierten sich bei einem Film von Miloš Forman. Es war wie ein Jahr zuvor, in einem kleinen Restaurant in Whitechapel fanden sich ihre Hände in einem Vertrauen, das die Erinnerung auslöschte, und Javier fühlte sich wohler und sagte es ihr, sagte ihr, daß er sie mehr denn je begehre, aber er wolle nicht wieder davon sprechen, alles hänge von ihr ab, von dem Tag, da sie sich entschlösse, erneut die erste Stufe der ersten Nacht zu betreten, und einfach die Arme nach ihm ausstrecke. Sie stimmte ihm zu, ohne ihn anzusehen, ohne ja noch nein zu sagen, fand es nur widersinnig, daß er die Verträge, die man ihm in Genf anbot, weiterhin ablehnte. Javier begleitete sie zum Hotel, und Mireille verabschiedete sich in der Empfangshalle, bat ihn nicht, mit heraufzukommen, aber lächelte ihn an, als sie ihn sanft auf die Wange küßte und ein Bis bald flüsterte.

Wir wissen sehr viel, wissen, daß die Arithmetik nicht stimmt, daß eins und eins nicht immer eins ergibt, sondern zwei oder gar nichts, wir haben Zeit genug, um im Album der Leere, der geschlossenen Fenster, der Briefe ohne Stimme und Duft zu blättern. Das tägliche Büro, Eileen überzeugt, daß sie Glück spende, die Wochen, die Monate. Im Sommer noch einmal Genf, der erste Spaziergang am Seeufer, ein Konzert mit Isaac Stern. In London blieb jetzt der kleine Schatten von Mary Helen, die Javier auf einer Cocktailparty kennengelernt und die ihm drei Wochen unbekümmerter Spiele geschenkt hatte, das Vergnügen um des Vergnügens willen, wo alles andere die freundliche Leere des Tages gewesen war, währenddessen Mary Helen unermüdlich zum Tennisspielen und zu den Rolling Stones ging, ein Abschied ohne Melancholie nach einem letzten Weekend, das sie als solches genossen hatten, als einen Abschied ohne Melancholie. Er erzählte es Mireille, und ohne sie danach fragen zu müssen, wußte er, daß sie nicht, daß es bei ihr nicht so gewesen war, immer nur das Büro und die Freundinnen, die Hütte und die Schallplatten. Er war Mireille wortlos dankbar, daß sie ihm mit ihrem ernsten, aufmerksamen, verständnisvollen Schweigen zuhörte und ihre Hand in der seinen ließ, während sie zusahen, wie es über dem See Nacht wurde, und beschlossen, wo sie zu Abend essen wollten.

Dann die Arbeit, eine Woche sporadischer Begegnungen, abends im rumänischen Restaurant, Innigkeit. Nie sprachen sie über das, was erneut da war, in dieser Art, den Wein einzuschenken oder sich am Ende eines Gesprächs lange anzusehen. Javier hielt Wort und wartete auf eine Stunde, auf die er nicht warten zu dürfen glaubte. Aber da war die Innigkeit, bei soviel anderem war da etwas, die Art, wie Mireille den Kopf senkte und sich mit der Hand über die Augen fuhr, diese Selbstverständlichkeit, mit der sie ihm sagte, sie werde ihn ins Hotel bringen. Im Auto küßten sie sich wieder, wie in jener Nacht in der Hütte, er schmiegte sich an sie und fühlte, wie sich unter seiner Hand, die liebkosend ihre Beine hinauffuhr, ihre Schenkel öffneten. Als sie das Zimmer betraten, konnte Javier es nicht mehr erwarten und umarmte sie, berauschte sich an ihrem Mund und ihrem Haar und führte sie Schritt für Schritt zum Bett. Er hörte, wie sie ein ersticktes Nein flüsterte, ihn bat, einen Augenblick zu warten, spürte, wie sie sich von ihm losmachte, die Tür zum Bad suchte, sie hinter sich schloß, und dann wieviel Zeit, Stille, Wasserrauschen, wieviel Zeit, er riß die Überdecke weg und ließ nur die Lampe in der Ecke brennen, zog sich Schuhe und Hemd aus und schwankte, ob er sich ganz entkleiden oder noch warten sollte, denn sein Bademantel hing im Bad, und wenn er das Licht anließe und wenn Mireille beim Zurückkommen ihn völlig nackt und mit seiner Erektion dastehen sähe, was grotesk wäre, oder, was noch grotesker wäre, wenn er ihr den Rücken kehrte, damit sie ihn nicht so sähe, wie sie ihn eigentlich hätte sehen sollen, nun da sie hereinkam, in ein Badetuch gehüllt, und mit gesenktem Blick zum Bett ging, und er noch die Hosen anhatte, die er sich jetzt ausziehen mußte, und auch den Slip, und dann, ja dann umarmte er sie, riß ihr das Badetuch herunter und legte sie aufs Bett und sah sie golden und braun und küßte sie wieder, bis an die tiefste Stelle, und streichelte sie mit Fingern, die ihr womöglich weh

taten, denn sie stöhnte, wandte sich ab, rückte bis zum äußersten Rand des Bettes und blinzelte ins Licht, bat ihn wieder, es auszumachen, aber er wollte ihr die Dunkelheit nicht geben, nichts würde er ihr geben, sein plötzlich erschlafftes Glied suchte einen Zugang, den sie ihm bot, der aber nicht passiert werden sollte, erbittert versuchten seine Hände, sie und sich selbst aufzureizen, eine Mechanik von Handlungen und Worten, der sich Mireille immer mehr verweigerte, steif und kühl, begreifend, daß auch jetzt nicht, daß für sie nie, daß die Innigkeit und dies hier unvereinbar geworden waren, daß ihre Einwilligung und sein Verlangen nur dahin geführt hatten, daß sie erneut verlassen neben einem Körper lag, der aufhörte zu kämpfen, der sich an sie preßte und sich nicht mehr bewegte, der nicht einmal versuchte, von neuem zu beginnen.
Wahrscheinlich haben wir geschlafen, wir waren uns zu fern, fühlten uns allein und schmutzig, alles hatte sich wiederholt wie in einem Spiegel, nur daß nun Mireille es war, die sich anzog, um zu gehen, und er sie zum Auto begleitete, er merkte, daß sie ihn nicht ansah, als sie sich verabschiedete, spürte einen leichten Kuß auf der Wange, das Auto brauste in der Stille der tiefen Nacht davon, er ging ins Hotel zurück und konnte nicht einmal weinen, konnte sich nicht einmal umbringen, da war nur das Sofa und der Alkohol und das Ticktack der Nacht und der Morgendämmerung, um neun das Büro, die Postkarte von Eileen und das Telefon, das wartete, diese Nummer des Hausapparats, die er irgendwann wählen müßte, denn irgendwann müßte er ihr etwas sagen. Aber ja, mach dir keine Sorgen, gut, um sieben im Café. Aber ihm das zu sagen, ihm zu sagen, mach dir keine Sorgen, um sieben im Café, war erst nach jener endlosen Fahrt zu ihrer Hütte möglich, nachdem sie sich in ein eisiges Bett gelegt und ein unnützes Schlafmittel genommen hatte; jede der Szenen, die unaufhaltsam ins Nichts führten, hatte sie wieder vor sich gesehen, angeekelt durchlebte sie wieder den Augenblick, da sie im Restaurant aufgestanden waren und sie ihm gesagt

hatte, sie werde ihn ins Hotel begleiten, die eiligen Verrichtungen im Bad, das Badetuch, um sich die Blößen zu bedekken, die warme Kraft der Arme, die sie zum Bett führten und hinlegten, der große Schatten, der sich keuchend über sie beugte, die Liebkosungen und dieses Gefühl von etwas Hartem und Heftigem auf ihrem Bauch, zwischen ihren Schenkeln, ihr sinnloses Protestieren wegen des Lichts, und plötzlich die Schwäche, die umherirrenden Hände, die Stimme, die leise um Geduld flehte, das vergebliche Warten, die Benommenheit, alles noch einmal, doch wozu all das, wozu die Zärtlichkeit, wozu die Einwilligung, wozu das Hotel, und das wirkungslose Schlafmittel, das Büro um neun, die außerordentliche Ratssitzung, bei der man unmöglich fehlen durfte, alles unmöglich, außer das Unmögliche.

Nie werden wir uns darüber ausgesprochen haben, die Imagination bringt uns heute so vage zusammen wie damals die Wirklichkeit. Nie werden wir gemeinsam die Schuld oder die Verantwortung oder den vielleicht nicht unvorstellbaren Neubeginn suchen. Javier hat nur das Gefühl, man habe ihn bestraft, aber was heißt Strafe, wenn man liebt und begehrt, was für ein grotesker Atavismus tritt da zutage, wo er auf Glück gehofft hatte, warum vorher und nachher diese Gegenwart namens Eileen oder Mary Helen oder Doris, in der eine Vergangenheit namens Mireille ihm bis ans Ende ihr Messer des Schweigens und der Verachtung ins Herz stoßen wird. Nur des Schweigens, auch wenn er, sooft er angewidert daran zurückdenkt, meint, es sei Verachtung, aber Verachtung ist nicht in Mireille, Schweigen ja, und Traurigkeit, sich sagen, daß sie oder er, aber auch sie und er, sich sagen, daß nicht jeder Mann in der Stunde der Liebe sich als Mann beweist und nicht jede Frau es versteht, in ihm den Mann zu finden. Bleiben als letztes Mittel die Versuche der Begütigung, Javiers Einladung, gemeinsam eine Reise zu machen, zwei Wochen in irgendeinem abgelegenen Ort zu verbringen, um den Zauber zu brechen, die Formel abzuwandeln, endlich sich anders begegnen, ohne Badetuch, ohne Warten, ohne irgendwelche Vorbereitungen. Mireille sagte, ja, später, er solle sie von London aus anrufen, vielleicht könne sie zwei Wochen Urlaub nehmen. Sie verabschiedeten sich auf dem Bahnhof, sie fuhr mit dem Zug zu ihrer Hütte zurück, weil ihr Auto in Reparatur war. Javier konnte sie nicht mehr auf den Mund küssen, aber er drückte sie an sich, bat sie noch einmal, mit ihm zu verreisen, blickte sie an, bis es schmerzte, bis sie die Augen senkte und noch einmal sagte, ja, alles werde wieder gut werden, er solle ruhig nach London fahren, es werde alles schon wieder gut. So spricht man zu Kindern, bevor man mit ihnen zum Arzt geht oder ihnen weh tun muß, Mireille auf ihrer Seite der Medaille würde nichts mehr erwarten, an nichts mehr glauben, sie würde einfach in ihre Hütte und zu ihren Schallplatten zurückkehren, nicht einmal auf eine andere Möglichkeit sinnen, um zu dem Ziel zu gelangen, das sie nicht erreicht hatten. Als er sie aus London anrief und ihr die dalmatinische Küste vorschlug, ihr Daten nannte und Angaben machte mit einer Ausführlichkeit, die seine Angst vor einer Ablehnung kaum verbarg, antwortete Mireille, sie werde ihm schreiben. Von seiner Seite der Medaille aus konnte Javier nur sagen, ja, er warte, als wüßte er irgendwie schon, daß der Brief eine kurze und höfliche Absage sein würde, zwecklos, eine verkorkste Geschichte von neuem zu beginnen, besser nur Freunde sein; ganze acht Zeilen, herzlichst Mireille. Ein jeder auf seiner Seite, unfähig, die beiden Seiten der Medaille auf eine Seite zu bringen, schrieb Javier einen Brief, daß er den einzigen Weg habe zeigen wollen, der ihnen gemeinsam zu gehen blieb, den einzigen, der von den anderen, von Sitte und Anstand nicht schon vorgezeichnet war, der nicht notwendig über eine Treppe oder einen Aufzug führt, um in einem Schlafzimmer oder in einem Hotel zu münden, der nicht von ihm verlangt, daß er sich im selben Moment wie sie auszieht; aber sein Brief war nur ein Tränentuch, er konnte ihn nicht einmal beenden, mitten im Satz brach er ab, unterschrieb und begrub ihn in einem

Umschlag, ohne ihn nochmal durchzulesen. Von Mireille kam keine Antwort, die Angebote vom CERN lehnte er höflich ab, die Medaille steht zwischen uns, wir leben fern voneinander und werden uns nie wieder schreiben, Mireille lebt in ihrer Hütte am Stadtrand, Javier reist durch die Welt und kehrt mit der Beharrlichkeit einer Fliege, die sich hundertmal auf denselben Arm setzt, in seine Wohnung zurück. Eines Abends hat Mireille bei einem bestimmten Quartett von Brahms geweint, aber Javier kann nicht weinen, er hat nur Alpträume, von denen er sich dadurch befreit, daß er Texte schreibt, die versuchen, wie die Alpträume zu sein, wo niemand seinen wahren Namen hat, aber vielleicht seine Wahrheit, wo es keine Medaillen mit Vorderseite und Rückseite gibt und keine geheiligten Stufen, die man hinaufsteigen muß; aber natürlich, es sind nur Texte.

Auf diese Idee konnte nur Peralta verfallen, nie hat er einem seine besonderen Gründe genannt, diesmal jedoch war er etwas offener und sagte, es sei wie die Geschichte mit dem gestohlenen Brief, Estévez verstand zuerst nicht, sah ihn an und wartete auf mehr; Peralta machte eine wegwerfende Handbewegung und reichte ihm die Eintrittskarte für den Boxkampf, Estévez sah eine große 3, rot auf gelb, und darunter die Zahl 235; doch zuerst, und wie sollte man das bei dieser Schrift übersehen, hatte er gelesen MONZON-NAPOLES. Die andere Eintrittskarte werde man Walter zukommen lassen, sagte Peralta. Du wirst dort sein, bevor die Kämpfe beginnen (nie wiederholte er seine Anweisungen, und Estévez hörte ihm genau zu, um sich alles zu merken), und Walter wird mitten im ersten Vorkampf kommen, er hat den Sitz rechts neben dir. Vorsicht bei den Leuten, die im letzten Moment dreist werden und sich einen besseren Platz suchen, sag ihnen etwas auf spanisch, um sicherzugehen. Er wird so eine Umhängetasche haben wie die Hippies und sie zwischen euch beide stellen, wenn es eine Sitzbank ist, oder aber auf den Boden, sollten es Stühle sein. Sprich mit ihm von nichts anderem als von den Kämpfen, und sieh dich genau um, sicher werden Mexikaner oder Argentinier dasein, hab sie im Auge, wenn du ihm das Paket in die Tasche steckst. Weiß Walter, daß die Tasche offen sein muß? fragte Estévez. Ja, sagte Peralta, als verscheuche er eine Fliege vom Revers, aber warte bis zum Ende, wenn nichts mehr sie ablenkt. Bei Monzón ist es schwer, sich ablenken zu lassen, sagte Estévez. Bei Mantequilla nicht minder, sagte Peralta. Und es wird mir nicht geplaudert, denk daran. Walter wird als erster gehen, du läßt die Leute hinausgehen und verschwindest durch einen anderen Ausgang.

Er mußte an all das denken, es sich ein letztes Mal wiederholen, als er mit der Metro zur Défense fuhr, unter lauter

Fahrgästen, denen anzusehen war, daß sie auch zu dem Boxkampf wollten, Männer in Dreier- oder Verergruppen, Franzosen, denen man die doppelte Tracht Prügel anmerkte, die Monzón ihrem Bouttier verabreicht hatte, und die es nun nach Revanche durch Nápoles dürstete oder die sich dessen Sieges insgeheim schon sicher waren. Wirklich eine geniale Idee von Peralta, ihm diesen Auftrag zu geben, der, da er von ihm persönlich kam, recht delikat sein mußte, und ihn gleichzeitig aus nächster Nähe einen Boxkampf sehen zu lassen, der nur für Millionäre gedacht schien. Er hatte die Anspielung auf den gestohlenen Brief jetzt verstanden, wer käme darauf, daß Walter und er sich bei dem Boxkampf treffen könnten, im Grunde ging es gar nicht um ein Treffen, denn das hätte an tausend Ecken von Paris stattfinden können, sondern um die Verantwortung Peraltas, der das Für und Wider einer jeden Sache sorgfältig erwog. Für diejenigen, die Walter oder ihm selbst möglicherweise folgten, kam als Treffpunkt ein Kino oder ein Café oder ein Haus in Betracht, doch diesen Boxkampf zu sehen war für jeden, der genügend Pinke hatte, geradezu eine Pflicht, und wenn sie ihnen dorthin folgten, würden sie vor dem Zirkuszelt, das Alain Delon aufgebaut hatte, mit langer Nase abziehen müssen; niemand würde dort ohne das gelbe Papierchen reinkommen, und die Eintrittskarten waren schon seit einer Woche ausverkauft, das stand in allen Zeitungen. Für Peralta sprach auch, sollte man ihm oder Walter wirklich bis dorthin folgen, daß man sie nicht zusammen sehen würde, weder beim Betreten noch beim Verlassen des Zelts, zwei Fans unter Tausenden, die in Massen aus der Metro und aus den Bussen quollen und sich in dem Maße drängten, wie die Wege zu einem zusammenführten und die Stunde der Veranstaltung näher rückte.
Schlau, dieser Alain Delon: Ein Zirkuszelt auf einem unbebauten Gelände, zu dem man über einen Steg und dann einen behelfsmäßig mit Bohlen belegten Weg gelangte. Es hatte die Nacht zuvor geregnet, weshalb die Leute von den Bohlen keinen Fußbreit abwichen, schon am Metroausgang orien-

tierten sie sich an den riesigen Pfeilen, die ihnen den richtigen Weg wiesen, und MONZON-NAPOLES in allen Farben. Schlau, dieser Alain Delon, bringt es fertig, seine eigenen Pfeile auf dem geheiligten Gelände der Metro anzubringen, mochte ihn das auch eine Stange Geld kosten. Estévez gefiel der Typ nicht, diese Großkotzigkeit, die Weltmeisterschaft auf eigene Rechnung zu organisieren, ein Zelt hinzustellen und eine Vorauszahlung von wer weiß wieviel hinzublättern, aber man mußte zugeben, dafür bot er auch etwas, ganz abgesehen von Monzón und Mantequilla, man denke nur an die farbigen Pfeile in der Metro, diese Art, die Masse der Fans wie ein Grandseigneur zu empfangen und ihnen den Weg zu zeigen, andernfalls wäre an den Metroausgängen und auf dem Gelände voller Pfützen ein schönes Durcheinander entstanden.

Estévez kam so zeitig, wie er kommen sollte, das Zelt war erst halb voll, und bevor er seine Eintrittskarte vorzeigte, betrachtete er sich kurz die Polizeiautos und die riesigen, von außen angestrahlten Caravans mit dunklen Vorhängen an den Fenstern; die Wohnwagen waren mit dem Zelt durch bedeckte Gänge verbunden, geradeso wie man in einen Jet gelangt. Darin sind die Boxer, sagte sich Estévez, der brandneue weiße Caravan ist bestimmt der von Carlitos, ganz unverwechselbar. Nápoles wird seinen auf der anderen Seite des Zelts haben, das war wohlüberlegt und zugleich reine Improvisation, viele Zeltplanen und Wohnwagen auf einem unbebauten Gelände. So macht man das große Geld, dachte Estévez, man muß eben nur die Idee und den Mut haben.

Seine Reihe, vom Ring aus gerechnet die fünfte, war eine Bankreihe mit großen Platznummern, hier schien Alain Delons Generosität ein Ende zu haben, denn abgesehen von den Stühlen direkt am Ring, war alles Zirkus, und schlechter Zirkus, harte Bänke, obgleich, das muß man sagen, Platzanweiserinnen in Miniröcken, bei denen einem jeder Protest im Halse steckenblieb. Estévez suchte die 235 auf eigene Faust, obgleich ihm die Mieze lächelnd die Nummer zeigte, als ob er nicht lesen könnte, und er setzte sich und blätterte in der Zeitung, die ihm später als Sitzkissen dienen würde. Walter würde rechts neben ihm sitzen, deshalb hatte Estévez das Päckchen mit dem Zaster und den Papieren in der linken Jackentasche; wenn der Augenblick gekommen wäre, könnte er es mit der rechten Hand herausziehen und über seine Knie hinweg in die offene Tasche an seiner Seite gleiten lassen. Das Warten wurde ihm lang, er hatte Zeit, an Marisa und den Kleinen zu denken, die jetzt ihr Abendessen hinter sich haben würden, der Kleine halb eingeschlafen und Marisa vor dem Fernseher. Vielleicht übertrugen sie den Boxkampf, und Marisa würde ihn sehen, er aber würde ihr nicht sagen, daß er dort gewesen war, wenigstens nicht jetzt, das konnte er nicht, vielleicht später einmal, wenn über die Sache Gras gewachsen war. Er schlug gelangweilt die Zeitung auf (es war irgendwie komisch, daß er Marisa, falls sie den Kampf sähe, nichts davon sagen könnte, wo es ihn doch kribbeln würde, von dem Kampf zu erzählen, zumal wenn sie über Monzón und Nápoles ihre Bemerkungen machte), zwischen den Nachrichten aus Vietnam und der Skandalchronik füllte sich das Zelt langsam, hinter ihm diskutierte eine Gruppe Franzosen die Chancen von Nápoles, zu seiner Linken hatte sich gerade ein feiner Pinkel niedergelassen, der zuerst lange und ziemlich entsetzt den Sitz betrachtet hatte, auf dem seine schnieke blaue Hose sich erniedrigen sollte. Weiter vorn Pärchen und Gruppen von Freunden, unter ihnen drei, die einen Akzent sprachen, der mexikanisch sein konnte; Estévez war in Akzenten nicht sehr bewandert, doch es mußten etliche Fans von Mantequilla dasein an diesem Abend, wo der Herausforderer nach nicht weniger als der Krone von Monzón trachtete. Abgesehen von Walters Sitz gab es auch sonst noch einige Lücken, aber die Leute strömten weiter durch die Zelteingänge, und die Mädchen taten ihr Bestes, um jedem seinen Platz anzuweisen. Estévez fand die Ringbeleuchtung zu grell und die Musik zu pop, aber jetzt, wo der erste Vorkampf begann, verlor das Publikum keine Zeit mit Kritik

und verfolgte eifrig einen schlechten Kampf, bei dem die Boxer blind aufeinander einschlugen und ständig clinchten; in dem Augenblick, da Walter sich neben ihn setzte, kam Estévez zu dem Schluß, daß das kein echtes Boxkampf-Publikum war, wenigstens nicht um ihn herum; sie schluckten das Ganze aus Snobismus, bloß um Monzón oder Nápoles zu sehen.
»Pardon«, sagte Walter, als er sich zwischen Estévez und einer dicken Frau zurechtsetzte, die den Kampf verfolgte und sich dabei an ihren ebenso dicken Mann klammerte, der eine sachverständige Miene machte.
»Machen Sie es sich bequem«, sagte Estévez. »Ist zwar nicht ganz leicht, denn diese Franzosen rechnen immer nur mit Dünnen.«
Walter lachte, und Estévez rückte ganz vorsichtig etwas nach links, um den mit der blauen Hose nicht zu indignieren; schließlich war genug Platz, so daß Walter seine blaue Leinentasche von den Knien nehmen und neben sich auf die Bank stellen konnte. Sie waren schon beim zweiten Vorkampf, der genauso schlecht war, die Leute hatten ihren Spaß vor allem an dem, was außerhalb des Rings geschah, da kam eine ganze Gruppe Mexikaner mit riesigen Sombreros, sonst aber gekleidet, wie es sich für sie gehörte, betuchte Macker, die es sich leisten konnten, ein Flugzeug zu chartern und von Mexiko herüberzufliegen, um Mantequilla anzufeuern, kleine, gedrungene Typen mit ausladenden Ärschen und Gesichtern à la Pancho Villa, fast zu typisch, und die ihre Sombreros in die Luft warfen, als wäre Nápoles bereits im Ring, und lauthals diskutierten, bevor sie es sich auf den Ringplätzen bequem machten. Alain Delon mußte all das vorhergesehen haben, denn die Lautsprecher plärrten sofort eine Art von Corrido, was die Mexikaner jedoch nicht besonders anzuerkennen schienen. Estévez und Walter sahen sich ironisch lächelnd an, und in dem Augenblick kam durch den entferntesten Eingang eine ganze Prozession von Leuten, angeführt von fünf oder sechs Frauen, breiter als groß, in

weißen Pullovern und mit Rufen »Argentina, Argentina«, während die hinter ihnen eine riesige Nationalflagge schwenkten und die Gruppe sich wider Platzanweiserinnen und alle Sitzordnung einen Weg bahnte, entschlossen, bis zum Ring vorzudringen, wo bestimmt nicht ihre Plätze waren. Mit großem Geschrei bildeten sie schließlich eine Schlange, die von den Platzanweiserinnen mit Hilfe von ein paar lächelnden Gorillas und mit vielen Erklärungen zu zwei halbleeren Sitzreihen geführt wurde, und Estévez sah, daß auf dem Rücken der weißen Pullover dieser Frauen ein schwarzes MONZON prangte. All das zum großen Amüsement eines Publikums, dem die Nationalität der Boxer ziemlich egal war, da es ja keine Franzosen waren, und der dritte Kampf nun war hart und ausgeglichen, obgleich Alain Delon für kleine Fische nicht viel aufgewandt zu haben schien; derweil würden die beiden Haie in ihren Caravans bereits kampfbereit sein, und das war das einzige, was die Leute interessierte.
Augenblicklich änderte sich die Luft, etwas kribbelte Estévez in der Kehle; aus den Lautsprechern kam ein Tango, von einem Orchester gespielt, das durchaus das von Pugliese sein konnte. Erst da sah Walter ihn voll und mit Sympathie an, und Estévez fragte sich, ob er vielleicht ein Landsmann war. Sie hatten kaum ein Wort gewechselt, abgesehen von einer gelegentlichen Bemerkung über das, was im Ring geschah, vielleicht Uruguayer oder Chilene, aber keine Fragen, Peralta hatte das in aller Deutlichkeit gesagt, Leute, die sich beim Boxkampf treffen und die zufällig beide spanisch sprechen, das ist alles.
»Endlich, es ist soweit«, sagte Estévez. Alle sprangen auf, trotz der Proteste und Pfiffe, zur Linken ein enthusiastisches Geschrei, unter Ovationen flogen Sombreros durch die Luft, Mantequilla stieg in den Ring, der, wie es schien, plötzlich noch stärker angestrahlt wurde, die Leute blickten jetzt nach rechts, wo nichts geschah, der Applaus wich einem erwartungsvollen Gemurmel, von ihren Plätzen aus konnten Walter und Estévez den Eingang auf der anderen Seite des Rings

nicht sehen, fast völlige Stille, und auf einmal, als einziges Anzeichen, ein Geschrei, und plötzlich hinter den Seilen der weiße Frotteemantel, Monzón, der ihnen den Rücken zukehrte, sprach mit seinen Betreuern, Nápoles ging auf ihn zu, eine flüchtige Begrüßung und Blitzlichter, der Ringrichter wartete darauf, daß man das Mikrophon herablasse, nach und nach setzten sich die Leute wieder, ein letzter Sombrero landete weit ab, wurde aus Jux und Tollerei in entgegengesetzter Richtung zurückgeworfen, ein saumseliger Bumerang über einem gelangweilten Publikum, weil jetzt die Vorstellungen und Begrüßungen begannen, Georges Carpentier, Nino Benvenuti, ein französischer Meister, Jean-Claude Bouttier, Fotos und müder Beifall, danach leerte der Ring sich langsam, die mexikanische Nationalhymne mit noch mehr Sombreros, und schließlich die argentinische Flagge, die in Erwartung der Hymne entrollt wurde, Estévez und Walter standen nicht auf, obgleich es Estévez schmerzte, aber er durfte sich jetzt nicht stümperhaft verhalten, immerhin konnte er so feststellen, daß es in seiner unmittelbaren Umgebung keine Landsleute von ihm gab, die Gruppe mit der Fahne begann am Ende der Hymne mitzusingen, und das weißblaue Tuch wurde in einer Weise geschwenkt, daß die Gorillas sich genötigt sahen, für alle Fälle schon mal dorthin zu laufen, die Stimme verkündete die Namen und das Gewicht, die Betreuer mußten den Ring verlassen.

»Was hast du für ein Gefühl?« fragte Estévez. Er war nervös, aufgeregt wie ein Kind, jetzt wo die Boxhandschuhe sich zur Begrüßung streiften und Monzón, den sie von vorn sehen konnten, diese Grundstellung einnahm, die keine Deckung zu sein schien, die Arme lang und schlank, eine fast schmächtige Gestalt gegenüber dem kleineren und kräftigeren Mantequilla, der bereits zwei Schläge in die Luft plazierte.

»Die Herausforderer haben mir immer gefallen«, sagte Walter, und ein Franzose hinter ihnen erklärte, daß Monzón seine Statur zustatten kommen werde, abtastende Schläge, Monzón griff an, und Nápoles wich ohne Mühe aus, eine fast

zwangsläufig ausgeglichene Runde. So, die Herausforderer gefielen ihm, dann war er kein Argentinier, denn in dem Fall; aber der Akzent, ganz wie ein Uruguayer, er würde Peralta fragen, der ihm darauf bestimmt keine Antwort geben würde. Jedenfalls konnte er noch nicht lange in Frankreich leben, denn der Dicke, den seine Frau umklammert hielt, hatte irgendeine Bemerkung zu ihm gemacht, und Walter antwortete in so unverständlicher Weise, daß der Dicke resignierte und mit jemandem weiter vorn zu sprechen begann. Nápoles' Schläge sind hart, dachte Estévez beunruhigt, zweimal hatte er gesehen, daß Monzón sich zurückzog, und er konterte etwas spät, vielleicht hatte er die Hiebe zu spüren bekommen. Es sah so aus, als wäre es Mantequilla klar, daß seine einzige Chance im Trommelfeuer bestand, Monzón taktisch zu boxen, würde ihm nicht viel nützen, seine erstaunliche Schnelligkeit stieß gleichsam ins Leere, ein Körper, der auswich und sich ihm entzog, während der Champion ein-, zweimal sein Gesicht traf, und der Franzose hinter Walter wiederholte beunruhigt, da sieht man, wie ihm die Arme zustatten kommen, vielleicht war die zweite Runde an Nápoles gegangen, die Leute schwiegen, nur vereinzelte Ausrufe, die schlecht aufgenommen wurden, in der dritten Runde kam Mantequilla voll heraus, wie zu erwarten war, dachte Estévez, jetzt wird man was erleben, Monzón in den Seilen, ein sich biegender Schlaks, ein knallendes Links-Rechts, der blitzartige Clinch, um aus den Seilen zu kommen, ein heftiger Schlagwechsel bis zum Ende der Runde, die Mexikaner stehen auf ihren Sitzen und die hinter ihnen protestieren laut oder springen ihrerseits auf, um zu sehen.
»Ein schöner Kampf, was«, sagte Estévez, »da ist man nicht umsonst gekommen.«
»Hast recht.«
Sie zogen gleichzeitig ihre Zigaretten hervor, tauschten sie lächelnd aus, Walter war mit seinem Feuerzeug schneller, Estévez betrachtete einen Augenblick sein Profil, dann sah er ihn von vorn, kein Gesicht, das man sich lange betrachtet,

Walter hatte etwas graues Haar, sah aber sehr jung aus in den Bluejeans und dem braunen Polohemd. Student, Ingenieur? Von da unten weggemacht wie so viele, den Kampf aufgenommen, tote Freunde in Montevideo oder Buenos Aires, womöglich auch in Santiago, er müßte Peralta fragen, obgleich er Walter sicher nicht wiedersehen würde, jeder für sich würde sich einmal daran erinnern, daß sie sich an dem Abend mit Mantequilla getroffen hatten, Mantequilla, der jetzt in der fünften Runde das Letzte aus sich herausholte, vor einem Publikum, das aufgesprungen war und raste, Argentinier und Mexikaner überbrandet von einer riesigen Woge Franzosen, die den Kampf besser sahen als die Kämpfer, die die Reaktionen taxierten, die Beinarbeit, am Ende mußte Estévez zugeben, daß fast alle Kenner waren, kaum einer, der idiotischerweise einen protzigen und wirkungslosen Schlag bejubelte, worüber man versäumte, was in diesem Ring wirklich vor sich ging, wo Monzón angriff und auswich, von einer Schnelligkeit profitierte, die von diesem Augenblick an die Mantequillas weit übertraf, der müde und angeschlagen war und sich wacker verteidigte gegen diesen Schlaks mit den langen Armen, der sich erneut in den Seilen wiegte, um gleich wieder anzugreifen, links und rechts, hart und präzis. Als der Gong ertönte, sah Estévez Walter an, der wieder seine Zigaretten hervorholte.

»Nun, so ist es eben«, sagte Walter und streckte ihm das Päckchen hin. »Wenn man nicht mehr kann, dann kann man nicht mehr.«

Es war schwer, sich bei dem Gejohle zu verstehen, das Publikum wußte, daß die nächste Runde die Entscheidung bringen konnte, Nápoles' Fans feuerten ihn in einer Weise an, als gäben sie ihn auf, dachte Estévez mit einem Gefühl des Mitleids, das nicht mehr im Gegensatz zu seinem Wunsch stand, jetzt wo Monzón den Kampf suchte und ihn fand und zwanzig endlose Sekunden lang Mantequillas Gesicht und Körper traktierte, während der sich in den Clinch flüchtete, wie jemand, der mit zugekniffenen Augen ins Wasser springt.

Das wird er nicht mehr lange durchstehen, dachte Estévez, mit Mühe löste er seinen Blick vom Ring und besah sich die Leinentasche auf der Bank, er müßte es in der Pause machen, wenn alle sich setzten, in eben dem Augenblick, denn danach würden sie wieder aufstehen und die Tasche wäre allein auf der Bank, zwei linke Gerade hintereinander ins Gesicht von Nápoles, der wieder den Clinch suchte, Monzón geht auf Halbdistanz, um mit einem prachtvollen Haken mitten ins Gesicht zurückzukommen, jetzt die Beine, man mußte vor allem auf die Beinarbeit achten, Estévez, ein Kenner, bemerkte, wie schwerfällig Mantequilla geworden war, er stürzte sich auf den Gegner, ohne sich ihm im geringsten anzupassen, wofür er einst doch berühmt war, während Monzón leichtfüßig zur Seite oder nach hinten auswich, eine perfekte Finte, dank deren diese seine letzte Rechte mit voller Wucht im Magen landete; in dem hysterischen Geschrei hörten viele den Gong nicht, Walter und Estévez sehr wohl, Walter setzte sich als erster, und ohne sie anzusehen, stellte er die Tasche gerade hin, und Estévez, der sich langsamer setzte, ließ im Bruchteil einer Sekunde das Päckchen hineingleiten und sprang mit leerer Hand wieder auf, um vor der Nase des Typs mit der blauen Hose, der nicht recht zu wissen schien, was eigentlich los war, wild gestikulierend seiner Begeisterung Ausdruck zu geben.

»Ein Champion«, sagte Estévez, ohne seine Stimme zu erheben, denn der andere würde ihn bei diesem Gebrüll doch nicht hören. »Carlitos, was für ein Kerl.«

Er sah Walter an, der ganz ruhig war und rauchte, der Mann beginnt zu resignieren, was soll man da tun, wenn man nicht mehr kann, dann kann man nicht mehr. Alle standen und warteten auf den Gong zur siebten Runde, plötzlich eine Stille voller Unglauben, und dann einstimmiges Geschrei, als man das Handtuch auf der Matte sah, Nápoles immer noch in seiner Ecke, und Monzón schnellt in die Mitte und wirft die Arme hoch, mehr Champion denn je, grüßt in die Runde und geht dann im Trubel der Umarmungen und Blitzlichter unter.

Kein schönes Ende, aber es gab da nichts zu sagen, Mantequilla hatte aufgegeben, um nicht Monzóns Punchingball zu werden, alle Hoffnung dahin, jetzt wo er aufstand, auf den Sieger zuging und die Boxhandschuhe zu dessen Gesicht erhob, fast eine Liebkosung, während Monzón ihm die seinen auf die Schultern legte und sie sich wieder trennten, doch nun für immer, dachte Estévez, nie mehr werden sie in einem Ring zusammentreffen.

»War ein schöner Kampf«, sagte er zu Walter, der sich die Tasche über die Schulter hängte und seine Füße bewegte, als hätte er einen Krampf.

»Hätte länger dauern können«, sagte Walter, »sicher haben Nápoles' Betreuer ihn nicht mehr rauskommen lassen.«

»Wozu? Du hast gesehen, wie angeschlagen er war. Er ist wahrlich Boxer genug, um das nicht selbst zu merken.«

»Ja, aber wenn man einer wie er ist, muß man alles riskieren, schließlich weiß man nie.«

»Bei Monzón schon«, sagte Estévez. Er erinnerte sich an Peraltas Ermahnungen und streckte Walter freundschaftlich die Hand hin. »Nun, hat mich sehr gefreut.«

»Mich auch. Auf Wiedersehen.«

»Tschau.«

Er sah ihn nach rechts hinausgehen, hinter dem Dicken her, der laut mit seiner Frau diskutierte, er selbst blieb hinter dem Typ mit der blauen Hose, der sich nicht beeilte; langsam schoben sie sich nach links zwischen den Sitzreihen hindurch. Die Franzosen, die hinter ihnen gesessen hatten, diskutierten über Techniken, und Estévez amüsierte sich, als er sah, wie eine der Frauen ihren Freund oder ihren Mann umarmte, ihm irgendwas ins Ohr schrie und ihn auf den Mund und auf den Hals küßte. Der Mann muß ein Idiot sein, dachte Estévez, merkt nicht, daß sie eigentlich Monzón küßt. Das Päckchen drückte nicht mehr in der Jackentasche, es war, als könnte er freier atmen, sich für das interessieren, was um ihn her geschah, das Mädchen, das sich an den Typ preßte, die Mexikaner mit ihren Sombreros, die plötzlich viel kleiner

wirkten, die argentinische Flagge, die, obgleich halb eingerollt, immer noch geschwenkt wurde, die beiden dicken Italiener, die einander mit Kennerblicken ansahen, während der eine geradezu feierlich sagte, gliel'ha messo in culo, und der andere diesem gelungenen Resümee zustimmte, an den Ausgängen entstand ein Stau, es war ein langsames, müdes Hinausgehen, dann die Bretterpfade in der kalten, nieselnden Nacht, und schließlich der Steg, der unter der gefährlichen Last knarrte, Peralta und Chaves lehnen rauchend am Geländer, ohne ihm ein Zeichen zu machen, denn sie wußten, Estévez würde sie sehen, er würde sich seine Überraschung nicht anmerken lassen, würde auf sie zukommen, wie er auf sie zuging, sich seinerseits eine Zigarette anzündend.
»Er hat ihm eins auf die Schnauze gegeben«, berichtete Estévez.
»Weiß ich«, sagte Peralta, »hab's mit angesehen.«
Estévez sah ihn erstaunt an, aber sie machten sofort kehrt und gingen zwischen den Leuten, die schon weniger waren, den Steg hinunter. Er wußte, daß er ihnen folgen mußte, und sah, wie sie von der Avenue, die zur Metro führte, in eine dunklere Straße einbogen, Chaves drehte sich ein einziges Mal um, nur um sich zu vergewissern, daß Estévez sie nicht aus den Augen verloren hatte, dann gingen sie geradewegs zu Chaves' Auto und stiegen ohne Eile ein, aber auch ohne Zeit zu verlieren. Estévez setzte sich hinten zu Peralta, und der Wagen fuhr in Richtung Süden los.
»Du warst also auch da«, sagte Estévez. »Ich wußte nicht, daß dich Boxen interessiert.«
»Es interessiert mich einen Dreck«, sagte Peralta, »obgleich Monzón das Geld wert ist. Ich bin hingegangen, um dich von fern zu beobachten, für alle Fälle, es ging nicht an, daß du allein wärst, sollte die Sache brenzlig werden.«
»Schön, du hast ja gesehen. Stell dir vor, der arme Walter war für Nápoles.«
»Das war nicht Walter«, sagte Peralta.
Der Wagen fuhr immer weiter nach Süden, Estévez spürte

dunkel, daß sie auf diesem Wege nicht zur Bastille kommen würden, er spürte es wie etwas, das weit zurückliegt, denn alles übrige war ein Faustschlag mitten ins Gesicht, Monzón schlug ihn und nicht Mantequilla. Er konnte nicht mal den Mund öffnen, blickte Peralta nur an und wartete.

»Es war zu spät, um dich zu warnen«, sagte Peralta. »Blöd, daß du so früh von zuhaus weggegangen bist; als wir anriefen, sagte uns Marisa, du seist schon weg und kämst nicht mehr zurück.«

»Ich wollte noch einen Bummel machen, bevor ich die Metro nahm«, sagte Estévez. »Aber was war, sag schon.«

»Alles im Eimer«, sagte Peralta. »Walter hat uns heute morgen, als er in Orly ankam, angerufen, wir haben ihm gesagt, was er zu tun hat, und er hat uns bestätigt, daß er die Eintrittskarte für den Boxkampf erhalten hat, alles bestens. Wir haben ausgemacht, daß er mich, bevor er hingeht, von Luchos Versteck aus anrufen soll, um sicherzugehen. Aber um halb acht hatte er sich noch nicht gemeldet, wir haben Geneviève angerufen, und sie hat zurückgerufen und gesagt, daß Walter bei Lucho nicht eingetroffen sei.«

»Sie haben ihn in Orly am Ausgang abgefangen«, sagte die Stimme von Chaves.

»Aber wer war dann der, der ...«, begann Estévez und hielt mitten im Satz inne, auf einmal begriff er, ihm brach der Schweiß aus, der ihm kalt den Hals hinab unter das Hemd rann, die Gürtelschnalle drückte ihm auf den Magen.

»Sie hatten sieben Stunden Zeit, um alle Daten aus ihm herauszuholen«, sagte Peralta. »Offensichtlich, denn der Typ wußte genau, was er mit dir zu machen hatte. Du weißt ja, wie die arbeiten, das konnte nicht mal Walter aushalten.«

»Morgen oder übermorgen wird man ihn auf irgendeinem Trümmergrundstück finden«, sagte die Stimme von Chaves fast gelangweilt.

»Das ist jetzt nicht wichtig«, sagte Peralta. »Bevor ich zu dem Fight ging, habe ich angeordnet, daß sie aus ihren Löchern verduften. Irgendwie hatte ich noch etwas Hoffnung, als ich dieses Scheißzelt betrat, aber er war schon da, und da war nichts mehr zu machen.«

»Aber dann«, sagte Estévez, »als er mit dem Kies in der Tasche hinausging...«

»Natürlich bin ich ihm gefolgt.«

»Aber vorher, da du doch wußtest...«

»Nichts zu machen«, wiederholte Peralta. »Der Typ hätte sich theatralisch zur Wehr gesetzt, und sie hätten uns alle geschnappt, du weißt, die haben ihre Leute überall.«

»Und wie ging's weiter?«

»Draußen warteten drei andere Typen auf ihn, einer hatte einen Passierschein oder sowas, und in Null Komma nichts saßen die in einem Auto auf dem Privatplatz für Delons engste Freunde und die Geldsäcke, und nichts als Bullen ringsum. Da bin ich zum Steg zurückgegangen, wo Chaves auf uns wartete, das ist alles. Natürlich habe ich mir die Autonummer notiert, aber die nützt uns wenig.«

»Wir fahren ja aus der Stadt raus«, sagte Estévez.

»Ja, wir fahren an einen stillen Ort. Das Problem bist jetzt du, das wird dir ja klar sein.«

»Wieso ich?«

»Weil der Typ dich nun kennt und sie dich am Ende finden werden. Es gibt keine Verstecke mehr, nach dem, was mit Walter passiert ist.«

»Dann muß ich verschwinden«, sagte Estévez. Er dachte an Marisa und den Kleinen, wie sie mitnehmen, wie konnte er sie allein lassen, alles wurde schemenhaft wie die Bäume des Waldsaums, in den Ohren ein Summen, als würde die Menge immer noch den Namen Monzón schreien, dieser Augenblick, da eine Stille voller Unglauben entstanden war und das Handtuch mitten in den Ring fiel, der Abend mit Mantequilla, der arme Kerl. Und der Typ war für Mantequilla gewesen, jetzt, wo er daran dachte, war es seltsam, daß er auf der Seite des Verlierers gewesen sein soll, er hätte mit Monzón sein müssen, sich den Kies mitnehmen wie Monzón, wie jemand, der einem den Rücken kehrt und mit allem davongeht, und schlimmer, der sich über den Besiegten lustig macht, über den armen Kerl mit dem zerschlagenen Gesicht oder dem er die Hand hinstreckt und sagt, nun, hat mich sehr gefreut. Das Auto hielt zwischen den Bäumen und Chaves stellte den Motor ab. In der Dunkelheit flammte ein Streichholz auf. Noch eine Zigarette. Peralta.

»Dann muß ich verschwinden«, wiederholte Estévez. »Nach Belgien, was meinst du, dort ist der, du weißt schon.«

»Da wärst du sicher, wenn du nur hinkämst«, sagte Peralta, »aber du hast ja bei Walter gesehen, die haben ihre Leute überall und verstehen ihr Handwerk.«

»Mich werden sie nicht schnappen.«

»Wie Walter, hat man nicht auch Walter geschnappt, und hat er nicht gesungen? Und du weißt noch ganz andere Dinge als Walter, das ist das Schlimmste.«

»Mich werden sie nicht schnappen«, wiederholte Estévez. »Ich muß nur an Marisa und den Kleinen denken, jetzt wo alles schiefgegangen ist, kann ich sie nicht hier lassen, man wird sich an ihr rächen. In einem Tag habe ich alles geregelt, dann nehme ich sie mit nach Belgien, ich suche den, du weißt schon, auf und bleibe dort drüben.«

»Ein Tag ist zu lange«, sagte Chaves, sich auf dem Sitz umdrehend. Die Augen gewöhnten sich an die Dunkelheit, Estévez sah seine Silhouette und das Gesicht von Peralta, als der die Zigarette an den Mund führte und daran zog.

»Also gut, ich werde so schnell verschwinden wie ich kann«, sagte Estévez.

»Jetzt gleich«, sagte Peralta und zog die Pistole.

III

Zeitungsausschnitte

Obgleich ich es für überflüssig halte, möchte ich darauf hinweisen, daß der erste Zeitungsausschnitt authentisch ist und der zweite fiktiv.

Der Bildhauer wohnt in der Rue Riquet, was ich nicht gerade für eine gute Idee halte, aber in Paris kann man nicht wählerisch sein, wenn man Argentinier und Bildhauer ist, zwei Voraussetzungen, um es in dieser Stadt nicht leicht zu haben. Eigentlich kennen wir uns kaum, wir haben uns in den zwanzig Jahren, die wir hier schon leben, nur selten gesehen; als er mich anrief, mir von einem Buch mit Reproduktionen seiner neuesten Arbeiten sprach und mich um einen Text bat, den man ihnen beigeben könnte, sagte ich ihm, was man in solchen Fällen immer sagen sollte, nämlich er möchte mir doch erst seine Skulpturen zeigen, dann würde man sehen, oder vielmehr, erst sehen und dann.

Ich besuchte ihn an dem verabredeten Abend in seiner Wohnung, und es gab zuerst Kaffee und ein freundlich abtastendes Geplauder, wir empfanden beide, was man unweigerlich empfindet, wenn jemand einem anderen seine Arbeiten zeigt und dieser fast immer furchtbare Augenblick kommt, da die Scheiterhaufen angezündet werden, wofern man nicht zugeben muß, es mit Worten verschleiernd, daß das Holz naß war und mehr Rauch entwickelte als Wärme spendete. Schon am Telefon hatte er mir von seinen Arbeiten gesprochen, es handle sich um eine Reihe kleiner Skulpturen, deren Thema die Gewalt ist, die Gewalt in allen politischen und geographischen Breiten, die den Menschen zu des Menschen Wolf macht. Davon wußten wir etwas, und einmal mehr ließen zwei Argentinier die Flut der Erinnerung anschwellen, die tägliche Akkumulation des Grauens durch Telegramme, Briefe, plötzliches Schweigen. Während wir sprachen, räumte er nach und nach einen Tisch ab; er ließ mich in einem bequemen Sessel Platz nehmen und brachte die Skulpturen herbei, stellte sie in einer gut arrangierten Beleuchtung auf, ließ sie mich lange betrachten und drehte sie dann langsam um sich selbst; wir sagten kaum etwas, sie hatten das Wort, und dieses Wort war zugleich das unsere. Eine nach der anderen, ungefähr zehn, klein und schlank, aus Ton oder Gips, mit Hilfe von Draht oder Flaschen, leeren Dosen oder irgendwelchen Gebrauchsgegenständen geschaffen, welche die Arbeit der Finger oder der Spachtel geduldig umhüllt hatte, so daß ich sie nur dank dem vertraulichen Hinweis des Bildhauers unter den Rümpfen und den Köpfen, den Armen und den Händen erkennen konnte. Es war schon spät in der Nacht, von der Straße drang gerade nur das Geräusch eines Schwerlasters oder die Sirene eines Ambulanzwagens zu uns.

Mir gefiel, daß es in der Arbeit des Bildhauers nichts Systematisches oder allzu Explizites gab, daß jede Figur etwas Rätselhaftes hatte und daß man sie manchmal lange betrachten mußte, um den ihr eigentümlichen Ausdruck der Gewalt zu erfassen; ich fand die Skulpturen naiv und subtil zugleich, auf jeden Fall waren sie ohne exzessive Dramatik und erpreßten einen nicht mit Sentimentalität. Selbst die Folter, diese äußerste Form der Gewalt, die im Grauen der Unbeweglichkeit und der Isolierung ausgeübt wird, wurde hier nicht mit dem fragwürdigen Realismus vieler Plakate, Texte und Filme gezeigt, die mir in ebenso fragwürdige Erinnerung kamen, ist doch auch sie nur zu bereit, Bilder zu magazinieren und sie für irgendeine zweifelhafte Befriedigung hervorzuholen. Ich sagte mir, wenn ich den Text schriebe, um den der Bildhauer mich bat, wenn ich den Text schreibe, um den du mich bittest, sagte ich zu ihm, wird es ein Text sein wie diese Skulpturen, nie werde ich der Bequemlichkeit nachgeben, die auf diesem Gebiet so häufig ist.

»Das überlasse ich ganz dir, Noemí«, sagte er. »Ich weiß, daß es nicht leicht ist, es gibt soviel Blut in unseren Erinnerungen, daß man sich manchmal schuldig fühlt, wenn man dem

Grenzen setzt, wenn man es eindämmt, damit es uns nicht ganz überschwemmt.«

»Wem sagst du das. Hier, sieh dir diesen Zeitungsausschnitt an, ich kenne die Frau, die ihn unterzeichnet hat, und einiges wußte ich bereits von Freunden. Das ist vor drei Jahren passiert, aber es könnte auch gestern abend passiert sein, wie es auch in eben diesem Augenblick passieren könnte, in Buenos Aires oder in Montevideo. Kurz bevor ich wegging, um zu dir zu kommen, bekam ich den Brief von einem Freund und fand diesen Zeitungsausschnitt darin. Gib mir noch einen Kaffee, bevor du ihn liest, im Grunde ist es nicht nötig, daß du das liest, nach dem, was du mir gerade gezeigt hast, aber ich weiß nicht, es wird mir wohler sein, wenn auch du das liest.«

Hier, was er las:

> Die Unterzeichnete, Laura Beatriz Bonaparte Bruschtein, wohnhaft in der Calle Atoyac 26, 10. Distrikt, Colonia Cuauhtémoc, México 5, D.F., möchte der Öffentlichkeit folgende Tatsachen zur Kenntnis geben:
>
> 1. Aída Leonora Bruschtein Bonaparte, geboren am 21. Mai 1951 in Buenos Aires, Argentinien, von Beruf Lehrerin, mit der Alphabetisierung beauftragt.
>
> *Tatbestand:* Am 24. Dezember 1975, 10 Uhr morgens, wurde sie von Angehörigen der argentinischen Armee (Bataillon 601) entführt, als sie sich an ihrem Arbeitsplatz in Villa Miseria, Monte Chingolo, in der Nähe von Buenos Aires, befand.
>
> Tags zuvor war dieser Ort Schauplatz eines Kampfes gewesen, der mehr als hundert Menschenleben gefordert hatte, unter ihnen auch Einwohner des Ortes. Meine Tochter wurde nach der Entführung zur Garnison des Bataillons 601 gebracht.
>
> Dort wurde sie, wie auch andere Frauen, brutal gefoltert. Die Überlebenden wurden noch am selben Weih-

nachtsabend erschossen. Unter ihnen befand sich meine Tochter.

Das Begräbnis derer, die bei dem Kampf ums Leben gekommen waren, sowie der entführten Zivilisten, unter ihnen meine Tochter, wurde fast fünf Tage hinausgeschoben. Alle Leichen, auch die ihre, wurden mit Löffelbaggern von der Garnison zum Kommissariat von Lanús verbracht und von dort auf den Friedhof in Avellaneda, wo sie in ein Massengrab geworfen wurden.

Ich betrachtete immer noch die letzte Skulptur, die auf dem Tisch geblieben war, und untersagte es mir, den Bildhauer, der schweigend las, anzusehen. Jetzt erst hörte ich das Ticktack einer Wanduhr, es kam aus dem Flur und war der einzig vernehmbare Laut, nun die Straße wie ausgestorben war; der leise Ton drang an mein Ohr wie ein Metronom der Nacht, ein Versuch, die Zeit am Leben zu erhalten in diesem Loch, in dem wir beide wie hineingestopft kauerten, diese endlose Zeit, die ein Zimmer in Paris und ein elendes Viertel in Buenos Aires umfaßte, die die Kalender abschaffte und uns Auge in Auge mit dem allein ließ, was wir nur *das* nennen konnten, nachdem alle Qualifizierungen abgenutzt waren, alle Ausdrücke des Entsetzens matt und schmutzig.
»*Die Überlebenden wurden noch am selben Weihnachtsabend erschossen*«, las der Bildhauer laut. »Womöglich haben sie sie vorher noch mit Napfkuchen und Sekt traktiert; erinnere dich, daß man in Auschwitz Bonbons an die Kinder verteilte, bevor man sie in die Gaskammern brachte.«
Er mußte irgend etwas in meinem Gesicht lesen und machte eine Geste der Entschuldigung, während ich die Augen senkte und mir noch eine Zigarette anzündete.

Der Mord an meiner Tochter wurde mir amtlicherseits am 8. Januar 1976 vor der 8. Strafkammer in La Plata mitgeteilt. Anschließend brachte man mich ins Kommissariat von Lanús, wo man mir nach dreistündigem

Verhör den Ort nannte, wo sich das Massengrab befand. Von meiner Tochter ließ man mich nur ihre abgetrennten Hände sehen, aufbewahrt in einem Glasgefäß mit der Nummer 24. Was von ihrem Körper übriggeblieben war, durfte mir nicht übergeben werden, da es militärisches Geheimnis war. Am nächsten Tag ging ich auf den Friedhof in Avellaneda und suchte das Grab Nummer 28. Der Kommissar hatte mir gesagt, daß ich dort finden würde, was von ihr geblieben war, denn man könne das, was man auf den Friedhof gebracht hatte, nicht als vollständige Körper bezeichnen. Das Grab war ein unlängst umgegrabenes Geviert von fünf mal fünf Metern und befand sich fast am Ende des Friedhofs. Ich könnte es wiederfinden. Es war entsetzlich, zu denken, auf welche Weise über hundert Menschen, darunter meine Tochter, ermordet und verscharrt worden waren.

2. Angesichts der Ruchlosigkeit und der unbeschreiblichen Grausamkeit dieser Tat reiche ich, die Unterzeichnete, wohnhaft in der Calle Lavalle 730, 5. Stock, 9. Distrikt, Buenos Aires, im Januar 1976 vor der 8. Strafkammer, Zivilgericht, in La Plata gegen die argentinische Armee eine Klage wegen Mordes ein.

»Da hast du's, all das ist zwecklos«, sagte der Bildhauer mit resignierter Gebärde. »Hat überhaupt keinen Sinn, Noemí, ich bringe Monate damit zu, diese Scheiße zu verfertigen, du schreibst Bücher, ein anderer denunziert Abscheulichkeiten, wir gehen zu Kongressen, um zu protestieren, machen Round-Table-Gespräche, man glaubt fast schon, die Dinge ändern sich, und da genügen zwei Minuten, um dich wieder mit der Wirklichkeit zu konfrontieren, um ...«
»Scht! Auch ich denke das manchmal«, sagte ich, wütend darüber, daß ich das sagen mußte. Aber alles hinnehmen hieße soviel wie diesen Herren ein Glückwunschtelegramm schicken, im übrigen, das weißt du sehr gut, wirst du morgen

aufstehen und dich gleich wieder daranmachen, eine weitere Skulptur zu modellieren, und wirst dir sagen, daß ich vor der Schreibmaschine sitze, und wirst denken, daß wir viele sind, auch wenn wir nur wenige sind, und daß das Ungleichgewicht der Kräfte kein Grund ist zu schweigen und nie einer sein wird. Ende der Predigt. Hast du zuende gelesen? Ich muß gehen, alter Freund.«
Er schüttelte den Kopf und wies auf die Kaffeekanne.

> Infolge dieser meiner Klage vor Gericht hat sich folgendes ereignet:
> 3. Im März 1976 wurde der Verlobte meiner Tochter, Adrián Saidón, Argentinier, vierundzwanzig Jahre, Angestellter, in Buenos Aires auf der Straße von der Polizei ermordet. Sie selber benachrichtigte seinen Vater davon.
> Die Leiche wurde seinem Vater, Doktor Abraham Saidón, nicht übergeben, da es sich um ein militärisches Geheimnis handelte.
> 4. Santiago Bruschtein, Argentinier, geboren am 25. Dezember 1918, der Vater meiner ermordeten Tochter, von Beruf Biochemiker mit einem Laboratorium in Morón-Stadt.
> *Tatbestand:* Am 11. Juni 1976 um 12 Uhr mittags drang ein Trupp Soldaten in Zivil in seine Wohnung ein, die sich in der Calle Lavalle 730, 5. Stock, 9. Distrikt, befand. Mein Mann, der von einer Krankenschwester gepflegt wurde, lag infolge eines Infarkts todkrank im Bett, die Ärzte gaben ihm nur noch drei Monate. Die Soldaten fragten ihn über mich und unsere Kinder aus und fügten hinzu: »*Wie kann ein Hurensohn von Jude es wagen, gegen die argentinische Armee einen Prozeß wegen Mordes anzustrengen.*« Dann zwang man ihn aufzustehen, und *unter Schlägen* verfrachtete man ihn in ein Auto, ohne ihm zu gestatten, seine Medikamente mitzunehmen.

Augenzeugen bestätigen, daß das Militär und die Polizei für diese Festnahme rund zwanzig Wagen benutzten. Wir haben von ihm nie wieder etwas gehört. Nichtamtlichen Informationen zufolge soll er schon bei Beginn der Folter gestorben sein.

»Und da sitze ich Tausende Kilometer von Buenos Aires entfernt und diskutiere mit einem Verleger darüber, welches Papier man für die Reproduktionen meiner Skulpturen nehmen sollte, welches Format das beste wäre, welchen Einband man...«
»Aber ja, mein Lieber, so ist es, ich, ich schreibe gerade an einer Erzählung, in der, stell dir vor, die Rede ist von den psycho-lo-gi-schen Problemen eines Mädchens in der Pubertät. Fang nicht an, dich selbst zu foltern, die wirkliche Folter genügt.«
»Ich weiß, Noemí, ich weiß, verdammt noch mal. Aber es ist immer dasselbe, immer müssen wir zugeben, daß all das in einem anderen Raum, in einer anderen Zeit passiert. Nie waren wir dort und werden nie dort sein, wo vielleicht...«
(Ich erinnerte mich an etwas, das ich als Kind gelesen habe, ich glaube bei Augustin Thierry, eine Geschichte, in der ein Heiliger, dessen Name ich vergessen habe, Chlodwig und sein Volk zum Christentum bekehrte; als er Chlodwig die Geißelung und Kreuzigung Jesu beschrieb, erhob sich der König von seinem Thron, schwenkte seine Lanze und rief aus: »Ah, wenn ich mit meinen Franken da gewesen wäre!« Wie großartig, dieser unmögliche Wunsch, eine ohnmächtige Wut wie die des Bildhauers, der wieder in den Zeitungsausschnitt vertieft war.)

5. Patricia Villa, Argentinierin, geboren 1950 in Buenos Aires, Journalistin, arbeitete in der Agentur *Inter Press Service*. Sie ist die Schwester meiner Schwiegertochter.
Tatbestand: Gemeinsam mit ihrem Verlobten, Eduardo

Suárez, ebenfalls Journalist, wurde sie im September 1976 verhaftet. Die Bundespolizei brachte die beiden zur Coordinación General. Eine Woche nach ihrer Arrestierung ließ man ihre Mutter, die die notwendigen Schritte unternommen hatte, wissen, daß es sich um einen bedauerlichen Irrtum handelte. Die Leichen wurden den Familienangehörigen nicht übergeben.

6. Irene Mónica Bruschtein Bonaparte de Ginzberg, zweiundzwanzig Jahre, von Beruf Bildhauerin, verheiratet mit Mario Ginzberg, Baumeister, vierundzwanzig Jahre.

Tatbestand: Am 11. März 1977 um 6 Uhr morgens drangen Angehörige der Armee und der Polizei in ihre Wohnung ein, nahmen das Paar mit und ließen ihre beiden Kinder, Victoria, zweieinhalb Jahre, und Hugo Roberto, anderthalb Jahre, vor der Tür des Hauses zurück. Sofort haben wir eine Habeaskorpusklage eingereicht, ich beim Konsulat in Mexiko und Marios Vater, mein Mitschwiegervater, in Buenos Aires.

Ich habe für meine Tochter Irene und für Mario gebetet und habe diese Reihe abscheulicher Vorfälle den Vereinten Nationen, der O.E.A., Amnesty International, dem Europäischen Parlament, dem Roten Kreuz und anderen Organisationen gemeldet. Trotzdem habe ich bis heute keinerlei Auskunft über den Verbleib meiner Kinder erhalten. Ich habe die feste Hoffnung, daß sie noch am Leben sind.

Als Mutter, die ich mich wegen der Verfolgung meiner Familie nicht in der Lage sehe, nach Argentinien zurückzukehren, und da meine Klagen vom Gericht abgewiesen wurden, bitte ich die Institutionen und die Menschen, die für den Schutz der Menschenrechte kämpfen, alles zu tun, damit das notwendige Verfahren eingeleitet wird, auf daß man mir meine Tochter Irene und meinen Schwiegersohn Mario zurückbringt und ihr Leben und ihre Freiheit respektiert.

Gezeichnet: Laura Beatriz Bonaparte Bruschtein. (Aus: *El País,* Oktober 1978. Wiederabgedruckt in *Denuncia,* Dezember 1978)

Der Bildhauer gab mir den Zeitungsausschnitt zurück, wir sprachen nicht viel, denn wir waren todmüde, ich spürte, daß er über meine Einwilligung, den Text zu seinem Buch zu schreiben, glücklich war, es wurde mir erst da klar, daß er bis zuletzt daran gezweifelt hatte, wohl weil ich dafür bekannt bin, sehr beschäftigt zu sein, sogar egoistisch, jedenfalls eine Schriftstellerin, die bis über die Ohren in der Arbeit steckt. Ich fragte ihn, ob es in der Nähe einen Taxistand gebe, und trat auf die Straße, die ausgestorben und kalt war und, wie ich fand, viel zu breit für Paris. Ein Windstoß veranlaßte mich, den Mantelkragen hochzuschlagen, ich hörte meine Schritte in der Stille tacken, diesen Rhythmus erzeugen, dem die Müdigkeit und die Obsessionen oft eine Melodie beigeben, die wieder- und wiederkehrt, oder die Zeile eines Gedichts, man ließ mich nur ihre abgetrennten Hände sehen, aufbewahrt in einem Glasgefäß mit der Nummer 24, man ließ mich nur ihre abgetrennten Hände sehen, jäh wehrte ich mich gegen diesen obsessiven Singsang, zwang mich tief zu atmen, an meine morgige Arbeit zu denken; nie werde ich wissen, warum ich auf die andere Straßenseite hinübergewechselt bin, es gab dafür nicht den geringsten Grund, da die Straße auf den Platz von La Chapelle mündete, wo ich vielleicht ein Taxi finden würde, es blieb sich völlig gleich, ob ich nun auf der einen oder der anderen Straßenseite ging, ich habe eben einfach die Straße überquert, basta, denn ich hatte nicht mehr die Kraft, mich zu fragen, warum ich das getan habe.
Das kleine Mädchen saß auf der Schwelle eines Torwegs, der wie eingezwängt war zwischen den anderen Portalen der hohen und engen Häuser, die man in diesem besonders dunklen Abschnitt der Straße kaum voneinander unterscheiden konnte. Daß zu dieser nächtlichen Stunde und in dieser Einsamkeit ein kleines Mädchen auf dem Rand einer Stufe

hockte, verwunderte mich weniger als sein Verhalten, ein kleiner weißlicher Fleck mit zusammengepreßten Beinen, das Gesicht in den Händen vergraben, es hätte auch ein Hund oder ein vor der Haustür vergessener Mülleimer sein können. Ich blickte flüchtig ringsumher; ein Lastwagen entfernte sich mit seinen schwachen gelben Scheinwerfern, auf der gegenüberliegenden Straßenseite ging ein Mann, ganz gebeugt, den Kopf tief im hochgeschlagenen Kragen seines Mantels, die Hände in den Taschen. Ich wandte mich der Kleinen zu, sah sie mir näher an; sie hatte dünne Zöpfe, trug einen weißen Rock, einen rosa Pulli, und als sie die Hände vom Gesicht nahm, sah ich ihre Augen, ihre Wangen, und trotz des Halbdunkels die Tränen, die ihr bis zum Mund hinab liefen.

»Was hast du? Was machst du hier?«

Ich merkte, daß sie tief die Luft einzog, Tränen und Rotz hinunterschluckte, ein Schluckauf oder ein Schlucksen, ich sah ihr Gesicht, das sie nun ganz zu mir erhob, die winzige rote Nase, die bebenden Lippen. Ich wiederholte die Fragen, sagte ihr ich weiß nicht was, wobei ich mich zu ihr niederbeugte, bis ich sie ganz nah fühlte.

»Meine Mama«, brachte die Kleine schluchzend hervor. »Mein Papa tut meiner Mama was.«

Vielleicht wollte sie noch mehr sagen, aber sie streckte ihre Arme aus und ich fühlte, wie sie sich an mich preßte, an meinem Hals verzweifelt weinte; sie roch schmutzig, nach nasser Hose. Ich wollte sie in die Arme nehmen, als ich mich aufrichtete, aber sie machte sich von mir los und blickte in die Dunkelheit des Gangs. Sie wies mit dem Finger auf etwas, ging darauf zu, und ich folgte ihr, erkannte einen Bogengang und an dessen Ende, im Halbdunkel, einen kleinen Park. Schweigend ging sie dort hinaus, aber es war kein Park, vielmehr eine Art Gemüsegarten mit niedrigen Drahtzäunen, die die bepflanzten Beete umgaben, trotz der Dunkelheit konnte man die verkümmerten Terebinthen sehen, die Stützstangen der Kletterpflanzen, die Lappen, die als Vogelscheu-

chen dienten; in der Mitte ein niedriges Gartenhaus, ausgebessert mit Zink- und Dosenblech, aus dessen kleinem Fenster ein grünliches Licht sickerte. In den Häusern, die den Gemüsegarten umgaben, war kein Fenster erhellt, die dunklen Mauern ragten über fünf Stockwerke hoch in einen niedrigen, bedeckten Himmel.
Das kleine Mädchen war geradewegs den Pfad zwischen zwei Beeten entlanggelaufen, der zu der Tür des Gartenhäuschens führte; es drehte sich kurz um, um sich zu vergewissern, daß ich ihm folgte, und betrat dann die Baracke. Ich weiß, da hätte ich anhalten und umkehren sollen, hätte mir sagen müssen, daß die Kleine einen Alptraum gehabt hatte und nun ins Bett zurückgehen würde, all diese Vernunftgründe, die mir plötzlich den Widersinn und sogar die Gefahr vor Augen hielten, zu dieser Stunde ein fremdes Haus zu betreten; wahrscheinlich dachte ich dergleichen noch, als ich durch die halbgeöffnete Tür ging und sah, daß das kleine Mädchen in einem dämmrigen Flur voller Gerümpel und Gartengeräten auf mich wartete. Unter der Tür im Hintergrund war ein Lichtstreif zu sehen, die Kleine wies mit dem Finger dort hin, lief durch den Flur und öffnete dann vorsichtig und leise die Tür. Wie ich neben ihr stand und der gelbliche Lichtstrahl des Türspalts, der langsam breiter wurde, mir mitten ins Gesicht schien, stieg mir ein Geruch nach Verbranntem in die Nase, ich hörte ein ersticktes Schreien, das kurz aufhörte und dann wieder anfing; meine Hand gab der Tür einen heftigen Stoß, und ich sah in ein schmutziges Zimmer, sah die zerbrochenen Hocker, den Tisch voller Bier- und Weinflaschen, die Gläser, die Tischdecke aus alten Zeitungen und weiter hinten den nackten Körper, mit einem fleckigen Handtuch geknebelt, Hände und Füße an die eisernen Bettpfosten gebunden. Mit dem Rücken zu mir auf einer Bank sitzend, tat der Papa des kleinen Mädchens der Mama was; er nahm sich Zeit, führte gemächlich die Zigarette an den Mund, stieß den Rauch langsam durch die Nase aus, während er die glühende Zigarette in abgezirkelter Bewegung auf die eine Brust der

Mama drückte, so lange, wie die Schreie anhielten, die durch das Tuch gedämpft wurden, das ihr das ganze Gesicht verhüllte und nur die Augen frei ließ. Bevor ich begriff, daß ich dieser Szene beiwohnte, hatte er Zeit gehabt, seine Zigarette zurückzuziehen und sie erneut an den Mund zu führen, um die Glut zu entfachen und den köstlichen französischen Tabak zu genießen, und ich sah den vom Bauch bis zum Hals mit Brandwunden übersäten Körper, sah die violetten oder roten Male, die sich von den Schenkeln und vom Geschlecht bis zu den Brüsten hinaufzogen, auf die er jetzt erneut die Zigarette hinabsenkte, wobei er mit viel Delikatesse eine Stelle auf der Haut suchte, die noch keine Narben aufwies. Das Schreien und das jähe Auffahren des Körpers auf dem Bett, das unter der Erschütterung knarrte, verband sich mit Dingen, mit Handlungen, die nicht ich gewollt habe und die ich mir nie werde erklären können; zwischen dem Mann, der mir den Rücken zuwandte, und mir stand ein wackliger Hocker, ich sah, wie er durch die Luft flog und mit voller Wucht den Kopf des Papas traf; sein Körper und der Hocker rollten fast gleichzeitig auf den Boden. Ich mußte mich nach hinten werfen, um nicht selbst zu fallen, die Anstrengung, den Hocker hochzuheben und ihn durch die Luft zu schleudern, hatte meine ganze Kraft gekostet, und ich schwankte wie eine Strohpuppe; ich weiß, daß ich nach einem Halt suchte, ohne ihn zu finden, daß ich unsicher hinter mich blickte und die Tür geschlossen sah; die Kleine war verschwunden, und der Mann auf dem Boden war ein dunkles Lumpenbündel. Was dann kam, konnte ich in einem Film gesehen oder in einem Buch gelesen haben, ich war da und war doch nicht da, aber ich besaß eine Gewandtheit, einen Willen, der mich in kürzester Zeit, falls sich dies in der Zeit abspielte, dazu führte, nach einem Messer auf dem Tisch zu greifen, die Stricke, mit denen die Frau gefesselt war, durchzuschneiden und ihr das Handtuch vom Gesicht zu reißen, worauf sie sich schweigend aufrichtete, völlig stumm jetzt, so als wäre das notwendig, ja unerläßlich, und den

Mann auf dem Boden betrachtete, der sich in einer Ohnmacht, die nicht lange dauern würde, zu krümmen begann, dann mich wortlos ansah, auf den Körper zuging und ihn an den Armen packte, während ich seine Beine ergriff, und mit einem einzigen Schwung hatten wir ihn der Länge nach auf dem Bett, banden ihn mit denselben, schnell wieder zusammengeknoteten Stricken dort fest, fesselten und knebelten ihn in einer Stille, in der etwas in einer unhörbaren Frequenz zu vibrieren und zu zittern schien. Was dann geschah, weiß ich nicht, ich sehe die Frau immer noch nackt, ihre Hände reißen Stück für Stück die Kleidung vom Leibe, knöpfen eine Hose auf und ziehen sie bis zu den Knöcheln herunter, ich sehe ihre Augen in den meinen, ein einziges Augenpaar, das sich verdoppelt hat, und vier Hände, die reißen und zerfetzen und entblößen, Weste, Hemd, Unterhose, und jetzt, wo ich mich daran erinnern muß, wo ich das aufschreiben muß, bringen mir mein verfluchter Beruf und mein grausames Gedächtnis etwas anderes in Erinnerung, auf ebenso unsägliche Weise erlebt, wenn auch nicht mit angesehen: die Passage aus einer Erzählung von Jack London, in der ein Trapper aus dem hohen Norden für einen ehrbaren Tod kämpft, während neben ihm sein Gefährte in allen Abenteuern, jetzt eine blutige Masse, die noch einen Rest Bewußtsein hat, brüllt und sich krümmt unter der Folter der Frauen des Stammes, die ihm sein Leben in entsetzlicher Weise verlängern, die ihn töten, ohne ihn zu töten, mit ausgesuchtem Raffinement immer neue Varianten erfinden, die nie beschrieben werden, aber die es gab, so wie es uns gab, die auch nie beschrieben wurden, aber taten, was wir tun mußten, was wir einfach tun mußten. Müßig, sich jetzt zu fragen, warum ich beteiligt war, welches mein Recht und meine Rolle war bei dem, was vor meinen Augen geschah, die zweifellos gesehen haben, die sich zweifellos erinnern, so wie die Vorstellungskraft Jack Londons das hatte sehen und sich an das hatte erinnern müssen, was seine Hand zu schreiben nicht fähig war. Ich weiß nur, daß das kleine Mädchen, nachdem ich das Zimmer betreten hatte, verschwunden war und daß es nun die Mama war, die dem Papa etwas tat, aber wer weiß, ob es nur die Mama war, ob es nicht auch die Windstöße der Nacht waren, Bruchstücke von Bildern, die von einem Zeitungsausschnitt herrührten, die abgetrennten Hände in einem Glasgefäß mit der Nummer 24, nichtamtlichen Informationen zufolge soll er schon bei Beginn der Folter gestorben sein, das Handtuch im Mund, die glühenden Zigaretten, Victoria, zweieinhalb Jahre, und Hugo Roberto, anderthalb Jahre, vor der Tür des Hauses zurückgelassen. Wie wissen, wie lange das gedauert hat, wie begreifen, daß auch ich, auch ich, wo ich mich doch auch auf der richtigen Seite glaubte, wie annehmen, daß auch ich dort auf der anderen Seite der abgetrennten Hände und der Massengräber, auch ich auf der anderen Seite der gefolterten und noch am Weihnachtsabend erschossenen Mädchen; da habe ich die Flucht ergriffen, bin durch den Gemüsegarten gerannt und habe mir an einem Zaun das Knie verletzt, bin auf der eisigen, verlassenen Straße bis nach La Chapelle gelaufen und habe fast sofort ein Taxi gefunden, das mich nach Hause brachte, wo ich einen Wodka nach dem anderen kippte und dann in einen Schlaf sank, aus dem ich erst am Mittag erwachte, quer auf dem Bett liegend, völlig angezogen, mit einem blutigen Knie und diesen Kopfschmerzen, die vorauszusehen sind, wenn man den Wodka pur und direkt aus der Flasche trinkt.

Den ganzen Nachmittag habe ich gearbeitet, ich hielt es für unerläßlich, wunderte mich jedoch auch, daß ich fähig war, mich dermaßen zu konzentrieren; am Ende des Tages rief ich den Bildhauer an, der überrascht schien, daß ich mich schon so bald wieder bei ihm meldete, ich erzählte ihm, was ich erlebt hatte, spuckte alles auf einmal aus, und er hörte geduldig zu, obgleich er dann und wann hüstelte oder zu einer Frage ansetzte.

»Du siehst also«, sagte ich, »du siehst, ich habe nicht lange gebraucht, um dir zu liefern, was ich dir versprochen habe.«

»Ich verstehe nicht«, antwortete der Bildhauer. »Du meinst doch nicht den Text über...«
»Doch, den meine ich. Ich habe ihn dir gerade vorgelesen, das ist der Text. Ich schicke ihn dir, sobald ich ihn abgeschrieben habe, ich mag ihn nicht länger hier haben.«
Nach zwei oder drei Tagen, die ich in einem Nebel aus Tabletten, Alkohol und Schallplatten verbracht hatte, was so etwas wie ein Schutzwall war, ging ich hinunter, um einzukaufen, der Kühlschrank war leer, und Mimosa am Fußende meines Bettes miaute kläglich. Ich fand einen Brief im Kasten, auf dem Umschlag die grobe Handschrift des Bildhauers. Er enthielt einen einzelnen Bogen und einen Zeitungsausschnitt, und auf meinem Weg zum Markt begann ich zu lesen, erst später merkte ich, daß ich beim Aufreißen des Umschlags ein Stück von dem Zeitungsausschnitt mit abgerissen und weggeworfen hatte. Der Bildhauer bedankte sich für den Text zu seinem Bildband, er sei zwar etwas ungewöhnlich, aber typisch Noemí, etwas ganz anderes als das, was in Kunstbüchern so üblich ist, aber das sei ihm völlig gleich, wie es ja offensichtlich auch mir völlig gleich gewesen war. Es gab ein Postskriptum: »An Dir ist eine große Tragödin verlorengegangen, auch wenn wir statt ihrer zum Glück eine hervorragende Schriftstellerin haben. Neulich abends habe ich einen Augenblick lang geglaubt, Du erzähltest mir da etwas, das Du wirklich erlebt hast, aber dann las ich zufällig *France-Soir*, woraus ich Dir die Quelle Deines merkwürdigen persönlichen Erlebnisses ausgeschnitten habe. Gewiß kann ein Schriftsteller, der sich von der Wirklichkeit und sogar von Polizeiberichten inspirieren läßt, argumentieren, daß das, was er aus diesen Fakten macht, ihnen eine andere Dimension, eine andere Bedeutung gibt. Da wir jedoch gute Freunde sind, liebe Noemí, wäre es nicht nötig gewesen, mich telefonisch auf Deinen Text einzustimmen und Dein ganzes dramatisches Talent aufzubieten. Aber lassen wir das, Du weißt, wie dankbar ich Dir für Deine Mitarbeit bin und wie sehr es mich freut, daß...«

Ich betrachtete mir den Artikel und sah, daß ich ihn aus Versehen zerrissen hatte, den Umschlag hatte ich samt dem Stück Zeitungspapier, das daran klebte, irgendwo weggeworfen. Die Nachricht paßte wirklich zu *France-Soir* und seinem Stil: Schauriges Drama in einem Vorort von Marseille, makabre Entdeckung eines sadistischen Verbrechens, arbeitsloser Klempner auf einem Bett gefesselt und geknebelt, die Leiche usw. Nachbarn wußten insgeheim von fortgesetzten tätlichen Auseinandersetzungen, kleine Tochter seit mehreren Tagen vermißt, Nachbarn vermuten Aussetzung, Polizei sucht Konkubine, das entsetzliche Schauspiel, das sich ihnen bot, der Rest des Artikels fehlte; weil der Bildhauer die Gummierung des Umschlags zu sehr befeuchtet hatte, hatte er letztlich das gleiche getan wie Jack London, das gleiche wie Jack London und meine Erinnerung; aber das Foto von dem Gartenhäuschen war ganz, da war die Baracke im Gemüsegarten, da waren die Drahtzäune und das Zinkblech, die hohen Häusermauern, die es mit ihren blinden Augen umgaben, Nachbarn, die insgeheim Bescheid wußten, Nachbarn, die Kindesaussetzung vermuteten, all das verblüffend authentisch zwischen den Abschnitten des Berichts.
Ich nahm ein Taxi und ließ mich in die Rue Riquet fahren, mir war klar, daß das eine Dummheit war, und ich tat es, weil man eben so Dummheiten macht. Am hellichten Tag hatte all das nichts mit meiner Erinnerung zu tun, und obgleich ich mir jedes Haus betrachtete und auf die andere Straßenseite hinüberwechselte, wie ich das meiner Erinnerung nach auch getan hatte, sah ich kein Tor, das dem in jener Nacht ähnelte, die Helle bedeckte alles wie mit einer Maske, Tore ja, aber keins wie jenes, kein Zugang zu einem Garten im Hof, einfach weil sich dieser Garten in einem Vorort von Marseille befand. Das kleine Mädchen dagegen war da, es saß auf der Stufe irgendeines Eingangs und spielte mit einer Stoffpuppe. Als ich es ansprach, rannte es weg zur nächsten Tür, eine Concierge kam heraus, noch ehe ich hatte klingeln können. Sie wollte wissen, ob ich die Fürsorgerin sei, ich käme doch

sicher wegen der Kleinen, die sie auf der Straße aufgelesen hatte, heute morgen waren einige Herren dagewesen, um ihre Identität festzustellen, es würde eine Fürsorgerin kommen und sie holen. Obgleich ich ihn schon aus der Zeitung kannte, fragte ich, bevor ich ging, nach dem Namen des Mädchens, dann setzte ich mich in ein Café, und auf die Rückseite des Briefes vom Bildhauer schrieb ich das Ende des Textes und schob ihn auf dem Heimweg unter seiner Tür durch, es war nur recht und billig, daß er den Ausgang der Geschichte erfuhr und daß der Text, der seinen Skulpturen beigegeben werden sollte, vervollständigt würde.

Tango von der Rückkehr

Le hasard meurtrier se dresse au coin de la première rue.
Au retour l'heure-couteau attend.

Marcel Bélanger, *Nu et noir*

Man erzählt sich die Dinge schön langsam, stellt sie sich erst einmal vor, wobei man von Floras Erzählungen ausgeht, von einer Tür, die geöffnet wird, oder von einem schreienden Kind, und dann dieses barocke Bedürfnis des Geistes, das ihn dazu treibt, die Lücken zu füllen, bis er sein Spinnennetz vervollständigt hat und etwas Neues anfangen kann. Aber wie sollte man sich nicht sagen, daß sich das geistige Spinnennetz manchmal vielleicht dem des Lebens angleicht, Faden um Faden, auch wenn man sich das aus bloßer Angst sagt, denn würde man nicht ein wenig daran glauben, könnte man es mit den äußeren Spinnennetzen nicht mehr aufnehmen. Also Flora, all das, was sie mir nach und nach erzählt hat, seitdem sie zu mir gezogen ist; sie arbeitet natürlich nicht mehr bei Señora Matilde (sie hat sie immer so genannt, auch als es keinen Grund mehr gab, als Mädchen für alles ihr weiterhin diesen Respekt zu bezeigen), und ich hatte es gern, wenn sie mir von ihrer Vergangenheit erzählte, von der kleinen India aus La Rioja, die in die Hauptstadt ging, mit großen, ängstlichen Augen und niedlichen Brüstchen, die ihr im Leben schließlich mehr nützen sollten als all die Staubwedel und gutes Betragen. Ich schreibe gern, nur für mich; ich habe einen ganzen Packen Hefte, Gedichte und sogar einen Roman, aber am liebsten schreibe ich, um zu schreiben, und wenn ich aufhöre, dann ist es so, wie wenn man sich nach der Liebe zur Seite rollt, in den Schlaf sinkt, und am nächsten Tag gibt es neue Dinge, die ans Fenster klopfen, eben das ist Schreiben, die Fensterläden öffnen und die Dinge hereinkommen lassen, ein Heft nach dem anderen füllen; ich arbeite in einer Klinik und lege keinen Wert darauf, daß man liest, was ich schreibe, weder Flora noch sonst jemand; ich freue mich immer, wenn ein Heft voll ist, denn dann ist mir, als hätte ich es schon veröffentlicht, aber es würde mir nie einfallen, es tatsächlich zu veröffentlichen; etwas klopft ans Fenster, und schon geht's weiter, ein neues Heft, so wie man nach der Ambulanz ruft. Dafür hat Flora mir so viele Dinge aus ihrem Leben erzählt, ohne zu ahnen, daß ich sie mir hinterher zwischen zwei Träumen in Ruhe durch den Kopf gehen ließ und einige in einem Heft festhielt, Emilio und Matilde zum Beispiel sind ins Heft eingegangen, weil es nicht einfach bei Floras Tränen und Erinnerungsfetzen bleiben konnte. Nie hat sie mir von Emilio und von Matilde erzählt, ohne am Ende zu weinen. Ich ließ sie dann ein paar Tage in Ruhe, spielte auf andere Erinnerungen an, und irgendwann holte ich die Geschichte von neuem aus ihr heraus, Flora legte los, als hätte sie all das, was sie mir zuvor erzählt hatte, schon vergessen, sie fing wieder von vorn an, und ich ließ sie, denn mehr als einmal erinnerte sie sich an Dinge, die sie noch nicht erzählt hatte, Teilstücke, die zu anderen Teilstücken paßten, ich meinerseits sah, wie sich Nahtstellen ergaben, das Zusammenkommen vieler einzelner oder nur vermeintlich nicht zusammenpassender Dinge, ein Geduldspiel für schlaflose Nächte oder für die Stunde des Mate, wenn ich vor meinem Heft saß; es kam der Tag, da es mir unmöglich gewesen wäre, zwischen dem, was Flora mir erzählte, und dem, was sie und ich selbst hinzugefügt hatten, zu unterscheiden, denn wir beide, jeder auf seine Weise, hatten das Bedürfnis, wie andere Menschen auch, das Puzzle zu vervollständigen, die letzte Lücke mußte am Ende mit ihrem Teilchen gefüllt werden, passend in der Farbe und als Ende einer Linie, die von einem Bein, einem Wort oder einer Treppe ausging.

Da ich sehr konventionell bin, fange ich am liebsten am Anfang an, auch sehe ich beim Schreiben, was ich gerade schreibe, sehe es wirklich, sehe Emilio Díaz an dem Morgen, da er, von Mexiko kommend, in Ezeiza eintraf, in einem Hotel in der Calle Cangallo abstieg und zwei oder drei Tage damit zubrachte, verschiedene Viertel zu durchstreifen, in Cafés zu sitzen und Freunde von einst aufzusuchen, wobei er gewisse Begegnungen vermied, was nicht heißen soll, daß er sich versteckte, denn zu der Zeit hatte er sich nichts vorzuwerfen. Wahrscheinlich sondierte er im Viertel Villa del Parque das Terrain, ging auf der Suche nach einem billigen Hotel oder einer Pension durch die Melincué und die General Artigas, bezog ohne Eile sein Logis, trank seinen Mate in seinem Zimmer und ging abends in eine Kneipe oder ins Kino. Er hatte nichts von einem Phantom, aber er sprach wenig und mit wenigen; seine Schuhe hatten Kreppsohlen, und er trug zu erdgrauen Hosen eine schwarze Lederjacke; er hatte flinke Augen und war immer sprungbereit, eine Art, die die Besitzerin der Pension später als verstohlen bezeichnen sollte; er war kein Phantom, aber man spürte, daß er weit weg war, die Einsamkeit umgab ihn wie ein weiteres Schweigen, wie sein weißes Halstuch und der Rauch seiner Zigarette, die fast immer zwischen seinen vielleicht etwas zu schmalen Lippen steckte.

Matilde sah ihn das erste Mal – dies neue erste Mal – oben vom Schlafzimmerfenster aus. Flora war einkaufen gegangen und hatte Carlitos mitgenommen, damit er während der Siesta aus Langeweile nicht zu weinen anfinge, es war drückend heiß, wie immer im Januar, und Matilde war ans Fenster getreten, um Luft zu schnappen, sie lackierte sich gerade die Fingernägel, wie Germán es mochte, obgleich Germán in Catamarca unterwegs war, und da er den Wagen genommen hatte, langweilte Matilde sich, sie konnte nicht in die Innenstadt oder nach Belgrano fahren; sie hatte sich daran gewöhnt, daß Germán oft weg war, aber daß er den Wagen nahm, damit hatte sie sich noch nicht abfinden können. Er hatte ihr einen eigenen, ganz für sie allein versprochen, wenn die Firmen erst fusioniert hätten, sie verstand von diesen Dingen nicht viel, aber offensichtlich hatten sie noch nicht fusioniert; am Abend würde sie mit Perla ins Kino gehen, sie würde einen Mietwagen bestellen, dann könnten sie in der Stadt zu Abend essen, schließlich würde der Autoverleih die Rechnung an Germán schicken. Carlitos hatte einen Ausschlag an den Beinen, und man mußte mit ihm zum Kinderarzt gehen, beim bloßen Gedanken daran wurde ihr noch heißer, Carlitos würde ein furchtbares Theater machen, es ausnutzen, daß sein Vater nicht da war und er keine Ohrfeigen zu befürchten hatte, unglaublich, wie dieses Kind einen erpreßte, sobald Germán das Haus verließ, gerade nur Flora konnte ihn bändigen, mit viel Geschmuse und Eis, auch Perla und sie würden nach dem Kino Eis essen gehen. Sie sah ihn an einem Baum stehen, zu dieser Stunde, wo die Straßen leer waren im Schatten der Baumreihen, deren Laubwerk sich oben berührte; die Gestalt hob sich deutlich vom Stamm ab, vor seinem Gesicht schwebte etwas Rauch auf. Matilde warf sich nach hinten, stieß gegen einen Sessel, erstickte einen Schrei mit den Händen, die nach malvenfarbigem Lack rochen, und flüchtete sich zur hinteren Wand des Zimmers.

»Milo«, dachte sie, wenn man das denken nennen konnte, dieses plötzliche Erbrechen von Zeit und Bildern. »Das ist Milo.« Als sie sich traute, aus einem anderen Fenster einen Blick auf die Straße zu werfen, war niemand mehr an der Ecke gegenüber, von fern kamen zwei Kinder gelaufen, die mit einem schwarzen Hund spielten. »Er hat mich gesehen«, dachte sie. Wenn er es war, dann mußte er sie gesehen haben, er stand ja dort, um sie zu sehen, dort und nicht an einer anderen Ecke, an einem anderen Baum. Ganz bestimmt hatte er sie gesehen, denn wenn er dort stand, dann wußte er, wo sie wohnte. Und daß er in dem Augenblick weggegangen ist, da er erkannt worden war, da er gesehen hatte, wie sie entsetzt die Hände vors Gesicht geschlagen und sich zurückgezogen hatte, das war noch schlimmer; die Straßenecke war von einer Leere, die keinen Zweifel zuließ, eine Leere, in der alles Gewißheit und Bedrohung war, der verlassene Baum, das kaum sich regende Laubwerk.

Sie sah ihn noch einmal, als es Abend wurde, Carlitos spielte mit seiner elektrischen Eisenbahn, und Flora trällerte unten *bagualas*. Das nun wieder belebte Haus schien sie zu schützen, schien ihr zu helfen, an dem, was sie gesehen hatte, zu zweifeln, sie sagte sich, daß Milo größer und kräftiger war, daß vielleicht die Schläfrigkeit der Siesta, die blendende Helle. Immer wieder löste sie sich vom Fernseher, und aus der größtmöglichen Entfernung sah sie durch ein Fenster, immer durch ein anderes und immer oben, denn unten, in gleicher Höhe mit der Straße, hätte sie noch mehr Angst gehabt. Als sie ihn das zweite Mal sah, stand er fast an der gleichen Stelle, nur auf der anderen Seite des Baumstamms, es wurde dunkel, und die Gestalt war nur schwer auszumachen unter den Leuten, die plaudernd und lachend vorbeikamen, Villa del Parque erwachte aus seiner Lethargie und ging in die Cafés oder die Kinos der Innenstadt, während es im Viertel allmählich Nacht wurde. Er war es, sie konnte sich nichts mehr vormachen, immer noch dieselbe Statur, die Armbewegung, mit der er die Zigarette zum Mund führte, die Fransen am weißen Halstuch, es war Milo, den sie vor fünf Jahren umgebracht hatte, nachdem sie aus Mexiko geflohen war, Milo, den sie mit Papieren umgebracht hatte, die mit Schmiergeld und Komplizenschaft in einer Kanzlei in Lomas de Zamora verfertigt worden waren, dort hatte sie einen Freund aus der Kindheit, der für Geld alles tat, aber vielleicht auch aus Freundschaft, sie hatte Milo in Mexiko an einem Herzanfall sterben lassen, um Germán heiraten zu können, denn Germán konnte unmöglich etwas anderes akzeptieren, Germán und seine Karriere, Germán und seine Kollegen, sein Klub, seine Eltern, Germán war jemand zum Heiraten und um eine Familie zu gründen, die Villa, Carlitos, Flora, das Auto und das Landgut in Manzanares, Germán und viel Geld, die Sicherheit, das Ansehen, also nicht lange überlegen und sich entschließen, genug der Misere und des Wartens, nach der zweiten Besprechung mit Germán bei den Recanatis die Reise nach Lomas de Zamora, um den herumzukriegen, der zuerst nein gesagt hatte, das ist eine Ungeheuerlichkeit, so etwas kann man nicht machen, das würde ein Vermögen kosten, nun gut, in vierzehn Tagen, abgemacht. Emilio Díaz in Mexiko an einem Herzanfall gestorben, das war fast die Wahrheit, denn sie und Milo hatten in diesen letzten Monaten in Coyoacán wie Tote gelebt, bis sie das Flugzeug endlich in das heimatliche Buenos Aires zurückgebracht hatte, aber auch zu all dem, was Milo gewesen war, bevor sie zusammen nach Mexiko gingen und sich allmählich zermürbten in einem Krieg aus Schweigen und Untreue und albernen Versöhnungen, die nichts halfen, der Vorhang für einen neuen Akt, für eine neue Nacht der langen Messer.

Immer noch die glimmende Zigarette zwischen Milos Lippen, der an dem Baum lehnte und sich in aller Ruhe die Fenster betrachtete. »Wie hat er das bloß herausbekommen«, dachte Matilde und klammerte sich immer noch an diese Absurdität, etwas zu denken, das Wirklichkeit war, aber wider jedes Denken oder vor jedem Denken. Aber natürlich hatte er es schließlich erfahren, hatte herausbekommen, daß er für Buenos Aires tot war, denn für Buenos Aires war er in Mexiko gestorben, das zu erfahren, hatte ihn tief kränken müssen, hatte ihm sicher so lange zu schaffen gemacht, bis ihn die wilde Wut gepackt und ihn dazu gebracht hatte, ein Flugzeug zu nehmen, um zurückzukehren, um durch ein Labyrinth sorgfältiger Nachforschungen zu gehen; der Cholo vielleicht, oder Marina, vielleicht auch Mutter Recanati, die alten Absteigequartiere, die Cafés der Kumpane, die Vorahnungen und schließlich die unverblümte Nachricht, sie hat Germán Morales geheiratet, Mann, was sagst du da, das ist doch nicht möglich, ich sage dir, daß sie ihn geheiratet hat, mit dem Segen der Kirche und allem, die Morales, du weißt ja, Textilfabriken und ein Haufen Geld, angesehene Leute, mein Lieber, angesehene Leute, aber sag mir bloß, wie ist das möglich, denn sie war ja doch, aber sie hat gesagt und wir haben geglaubt, daß du, du spinnst, das ist nicht möglich. Eben weil es nicht möglich war, war es um so schlimmer, hinter dem Vorhang beobachtete Matilde ihn, die Zeit war jetzt eine Gegenwart, die alles umfaßte, Mexiko und Buenos Aires und die Hitze der Siesta und die Zigarette, die er immer wieder zum Mund führte, und dann plötzlich niemand mehr, die Straßenecke leer, Flora rief sie, weil Carlitos sich nicht baden lassen wollte, das Telefon, Perla drängte, nein, Perla, heute abend nicht, es muß der Magen sein, geh allein oder nimm Negra mit, ich fühle mich wirklich nicht wohl, besser, ich lege mich hin, ich rufe dich morgen wieder an, und die ganze Zeit nein, das ist nicht möglich, warum haben sie Germán noch nicht benachrichtigt, wenn sie's wissen, wie's scheint, ist Milo nicht durch sie auf ihre Spur gekommen, nein, unmöglich durch sie, Mutter Recanati hätte Germán sofort angerufen, schon des Dramas wegen, und um die erste zu sein, die ihn davon benachrichtigt, denn sie hatte Matilde als Germáns Frau nie akzeptiert, stell dir vor, wie entsetzlich, Bigamie, ich habe immer gesagt, daß ihr nicht zu trauen ist, doch niemand hatte Germán angerufen, oder vielleicht doch, aber im Büro, und Germán war auf Reisen, und Mutter Recanati wartete sicher, bis er zurückkäme, um es ihm persönlich zu sagen, um zu sehen, was er für ein Gesicht machen wird, sie oder sonst jemand, denn irgend jemand mußte Milo Germáns Adresse gegeben haben, er konnte die Villa nicht per Zufall gefunden haben, er konnte nicht per Zufall dort an einem Baum stehen. Und daß er wieder verschwunden war, änderte nichts an der Sache, und die Tür mit der Kette sichern, änderte auch nichts daran, nur Flora würde sich darüber wundern, das einzig Sichere waren die Schlaftabletten, um nach so vielen Stunden endlich nicht mehr denken zu müssen und in einen tiefen Schlaf zu sinken, unterbrochen von Träumen, in denen keinmal Milo, aber am Morgen ihr Aufschrei, als sie eine Hand auf ihrem Gesicht spürte, die von Carlitos, der einen Scherz hatte machen wollen, die Tränen von Carlitos, der gekränkt war, und zu Flora, nimm ihn mit, wenn du jetzt gehst, und schließ die Tür hinter dir ab, Flora. Aufstehen und ihn wieder dort sehen, wie er, ohne sich zu bewegen, eines nach dem anderen die Fenster fixiert, sich nach hinten werfen und etwas später vom Küchenfenster aus auf die Straße lugen, und niemand, langsam sich bewußt werden, daß sie im Haus gefangen war und daß es so nicht weitergehen konnte, irgendwann müßte sie das Haus verlassen, um mit Carlitos zum Kinderarzt zu gehen oder sich mit Perla zu treffen, die jeden Tag anrief und ungeduldig wurde und nicht verstehen konnte. Der Nachmittag war schwül und orangefarben, Milo lehnte am Baum, die schwarze Lederjacke bei dieser Hitze, der Rauch der Zigarette, der aufstieg und zerfaserte. Oder nur der Baum ohne jemand, aber trotzdem Milo, zu jeder Stunde des Tages und der Nacht, auch wenn sich sein Bild durch das Fernsehen bis zum letzten Programm und durch die Schlaftabletten etwas verwischte.

Am dritten Tag kam Perla, ohne ihren Besuch vorher anzukündigen, Tee mit Gebäck und Carlitos, und als Flora einen Moment mit Perla allein war, nutzte sie die Gelegenheit, um ihr zu sagen, daß es so nicht weitergehen könne, Señora Matilde müsse sich zerstreuen, sie verbringt ihre Tage im Haus eingeschlossen, ich versteh das nicht, Señorita Perla, ich sage Ihnen das, obgleich es mir nicht ansteht, und Perla lächelt sie im Anrichtezimmer an, aber doch, mein Kind, das ist recht von dir, ich weiß, wie sehr du Matilde und Carlitos liebst, ich glaube, sie ist deprimiert, weil Germán so lange wegbleibt, und Flora senkt den Kopf, die Señora braucht Zerstreuung, ich möchte es Ihnen nur sagen, obgleich es mir nicht ansteht. Tee und der übliche Klatsch, nichts an Perla, das sie ihr verdächtig machen konnte, aber wie hatte Milo es dann erfahren, unvorstellbar, daß Mutter Recanati so lange den Mund gehalten haben soll, wenn sie Bescheid wußte, selbst wenn sie lieber auf Germán warten wollte, um es ihm im Namen Christi oder so ähnlich ins Gesicht zu sagen, sie hat dich getäuscht und belogen, damit du sie zum Altar führst, genau das würde diese Hexe sagen, und Germán würde aus allen Wolken fallen, das ist doch nicht möglich, das ist doch nicht möglich. Aber doch, es war möglich, nur daß sie jetzt, wo Perla da war, nicht ans Fenster gehen konnte, um es sich zu bestätigen, also noch eine Tasse Tee, morgen gehen wir ins Kino, ich versprech's dir, hol mich mit dem Wagen ab, ich weiß nicht, was in diesen Tagen mit mir los ist, aber ich habe es lieber, wenn wir im Wagen hinfahren, dort neben dem Sessel das Fenster, aber nicht, solange Perla da ist, warten, bis Perla geht, und dann Milo an der Straßenecke, ganz ruhig an einem Baum, als wartete er auf den Bus, die schwarze Lederjacke und das weiße Halstuch, und dann niemand, bis wieder Milo.

Am fünften Tag sah sie, wie er Flora folgte, die zum Krämer ging, und alles wurde Zukunft, war wie die noch nicht gelesenen Seiten in diesem Roman, der aufgeschlagen auf dem Sofa lag, etwas, das schon geschrieben war und das man nicht unbedingt lesen mußte, da es ja schon abgeschlossen war, bevor man es las, da es sich viel eher ereignet hatte, als es sich ereignet, wenn man es liest. Sie sah die beiden plaudernd zurückkommen, Flora schüchtern und fast mißtrauisch, an der Ecke verabschiedete sie sich und überquerte schnell die Straße. Perla holte Matilde mit dem Wagen ab, Milo war nicht da, auch nicht, als sie spätnachts zurückkamen, doch am nächsten Morgen wartete er auf Flora, als sie zum Markt ging, er kam gleich auf sie zu, sie gaben sich die Hand und lachten sich an, er nahm ihr den Einkaufskorb ab und trug ihn später voller Gemüse und Früchte zurück, er begleitete sie bis zur Haustür, Matilde konnte sie wegen des Balkons über dem Eingang nicht länger beobachten, aber da Flora nicht sofort hereinkam, mußten sie sich vor der Haustür noch etwas unterhalten haben. Am Tag darauf nahm Flora Carlitos mit zum Einkaufen, und sie sah, wie sie zu dritt lachend weggingen und wie Milo Carlitos mit der Hand übers Haar strich, und als sie zurückkamen, brachte Carlitos einen kleinen Plüschlöwen mit und sagte, den habe ihm Floras Freund geschenkt, so, so, du hast also einen Freund, Flora, sagte sie, als sie beide allein im Wohnzimmer waren. Ich weiß nicht, Señora, er ist sehr sympathisch, wir sind uns ganz zufällig begegnet, er hat mich begleitet, als ich einkaufen ging, er ist sehr nett zu Carlitos, das stört Sie doch nicht, nicht wahr, Señora? Natürlich nicht, sagte sie, das sei ihre Sache, aber sie solle vorsichtig sein, ein junges Mädchen wie sie, und Flora schlug die Augen zu Boden, ja, natürlich, Señora, er begleitet mich ja nur und wir unterhalten uns, er hat ein Restaurant in der Calle Almagro, er heißt Simón. Und Carlitos mit einem Comicheft, das hat Simón mir gekauft, Mama, Simón ist der Freund von Flora.

Germán rief aus Salta an und sagte, daß er in zehn Tagen zurückkommen werde, alles in Ordnung, Küßchen. Im Lexikon stand unter Bigamie: die Ehe, die nach Verwitwung von dem hinterbliebenen Ehegatten eingegangen wird. Da hieß es: Stand des mit zwei Frauen verheirateten Mannes oder der mit zwei Männern verheirateten Frau. Da hieß es: Bigamie, nach kanonischem Recht: wird begangen durch die Eheschließung mit einer Frau, die durch Prostitution ihre Jungfernschaft verloren hat, oder weil ihre erste Ehe für null und nichtig erklärt worden ist. Und unter bigam: derjenige, der ein zweites Mal heiratet, ohne daß sein erster Ehegatte gestorben ist. Sie hatte das Lexikon aufgeschlagen, ohne recht zu wissen, warum, als wenn das etwas hätte ändern können, sie wußte, daß es unmöglich war, etwas zu ändern, unmöglich, auf die Straße zu gehen und mit Milo zu sprechen, unmöglich, ans Fenster zu treten und ihn hereinzuwinken, unmöglich, Flora zu sagen, daß Simón nicht Simón ist, unmöglich, Carlitos seinen Plüschlöwen und sein Comicheft wegzunehmen, unmöglich, sich Perla anzuvertrauen, sie konnte nur dableiben und Milo beobachten, wohl wissend, daß der auf dem Sofa liegende Roman bis zum Wort Ende geschrieben war, daß sie nichts darin ändern konnte, ob sie ihn nun las oder nicht, ob sie ihn verbrannte oder ob sie ihn einfach in Germáns Bibliothek zurückstellte. Noch zehn Tage, dann ja, aber was, Germán kehrt ins Büro und zu seinen Freunden zurück, und Mutter Recanati oder der Cholo oder sonst einer von Milos Freunden, der ihm die Adresse gegeben hatte, ich muß mit dir sprechen, Germán, ja, es ist ziemlich schlimm, mein Lieber, die Dinge würden ihren Lauf nehmen, zuerst Flora, ganz rot, Señora, würde es Sie stören, wenn Simón heute nachmittag kommt und in der Küche mit mir einen Kaffee trinkt, nur ganz kurz? Natürlich störte sie das nicht, wie hätte sie es stören können, mitten am Tag und nur ganz kurz, Flora hatte durchaus das Recht, ihn zu einem Kaffee einzuladen, so wie Carlitos das Recht hatte, hinunterzugehen und mit Simón zu spielen, der ihm eine Ente zum Aufziehen mitgebracht hatte, die herumwatscheln konnte und alles. Sie blieb so lange oben, bis sie die Haustür ins Schloß fallen hörte, Carlitos kam mit seiner Ente herauf, kuck mal, Mama, was er mir geschenkt hat, kuck mal, wie die läuft, kuck doch mal, Mama, wie eine richtige Ente, Simón hat sie mir mitgebracht, er ist der Freund von Flora, warum bist du nicht heruntergekommen und hast ihn dir angesehen?

Jetzt konnte sie sich den Fenstern nähern, jetzt brauchte sie sich nicht mehr in Acht zu nehmen, wie sie das bisher unnützerweise getan hatte, Milo lehnte nicht länger an dem Baum, er kam jeden Nachmittag um fünf und blieb eine halbe Stunde bei Flora in der Küche, und fast immer war Carlitos bei ihnen, manchmal kam Carlitos herauf, bevor Milo ging, und Matilde wußte warum, sie wußte, daß sich in diesen wenigen Minuten, die sie allein waren, das vorbereitete, was geschehen mußte, was schon feststand, wie in dem Roman, der aufgeschlagen auf dem Sofa lag, es bereitete sich in der Küche vor, in gleich welchem Haus, in dem von Mutter Recanati oder dem vom Cholo, acht Tage waren vergangen, und Germán rief aus Córdoba an, bestätigte den Tag seiner Rückkehr, verhieß Lebkuchen für Carlitos und eine Überraschung für Matilde, er würde sich zuhaus fünf Tage erholen, sie könnten ausgehen, im Restaurant essen, in Mazanares einen Spazierritt machen. An diesem Abend telefonierte sie mit Perla, nur um sie reden zu hören, sich eine Stunde lang an ihre Stimme zu hängen, bis es nicht mehr ging, weil Perla merkte, daß all das unecht war, mit Matilde mußte etwas nicht stimmen, ich finde dich sonderbar, Matilde, du solltest zu dem Analytiker von Graciela gehen, hör auf mich. Als sie aufgelegt hatte, konnte sie nicht einmal mehr zum Fenster gehen, sie wußte, an diesem Abend wäre es nutzlos, sie würde Milo an der schon dunklen Ecke nicht sehen. Sie ging hinunter in die Küche, um bei Carlitos zu sein, während Flora ihm zu essen gab, sie hörte, wie er protestierte und seine Suppe nicht essen wollte, aber griff trotz der Blicke Floras nicht ein, half Flora auch nicht, Carlitos zu Bett zu bringen, der sich sträubte und unbedingt noch im Salon bleiben wollte, um mit seiner Ente zu spielen und fernzusehen. Das ganze Erdgeschoß war wie ein fremder Bereich; sie hatte nie recht verstanden, warum Germán darauf bestanden hatte, Carlitos' Zimmer solle neben dem Salon sein, so fern dem ihren im Obergeschoß, aber Germán wollte morgens keinen Lärm, wenn Flora Carlitos für die Schule fertigmachte und Carlitos schrie oder sang, sie gab ihm an der Tür zu seinem Zimmer einen Gutenachtkuß und ging in die Küche zurück, obgleich sie dort nichts mehr zu tun hatte, sie betrachtete die Tür zu Floras Zimmer, drückte die Klinke, öffnete die Tür ein wenig und sah Floras Bett, den Schrank mit den Fotos von Mercedes Sosa und den Rockstars, sie meinte zu hören, wie Flora aus Carlitos' Zimmer zurückkam, machte die Tür schnell wieder zu und blickte in den Kühlschrank. Ich werde Ihnen Pilze machen, wie Sie sie mögen, Señora Matilde, ich bringe Ihnen Ihr Abendessen in einer halben Stunde hinauf, da Sie heute abend nicht ausgehen, ich habe Ihnen auch Kürbiskompott gemacht, so wie bei uns zuhause, und es ist mir gut gelungen, Señora Matilde.

Die Treppe war schlecht beleuchtet, aber die Stufen waren breit und es gab nur wenige, man mußte nicht besonders achtgeben, wenn man hinaufging, die Tür des Schlafzimmers war angelehnt, und ein Lichtstreif ließ den gebohnerten Treppenabsatz glänzen. Seit Tagen aß sie nun schon an dem kleinen Tisch neben dem Fenster, der Salon unten war zu

feierlich ohne Germán, alles paßte auf ein Tablett, und Flora war sehr gewandt, sie hatte es auch ganz gern, daß Señora Matilde oben aß, wenn der Señor auf Reisen war, sie blieb dann etwas bei ihr, und sie konnten sich unterhalten, Matilde wäre es auch lieb gewesen, wenn Flora mit ihr zusammen äße, aber Carlitos hätte es Germán gesagt, und dann die Reden darüber, daß man Distanz zu wahren habe, daß man sich Respekt verschaffen müsse, und Flora selbst hätte sich nicht getraut, weil Carlitos am Ende immer alles herauskriegte und es Germán erzählte. Und worüber jetzt mit Flora sprechen, wo sie unbedingt die Flasche holen mußte, die sie hinter den Büchern versteckt hatte, um ein halbes Glas Whisky zu kippen, worauf sie halb erstickte und japste und sich erneut einschenkte, fast direkt neben dem Fenster, das auf die Nacht hinaus geöffnet war, auf das Nichts dort draußen, wo nichts geschah, wo keine dunkle Gestalt mehr am Baum stand und keine Zigarettenglut sich hob und senkte wie ein rätselhaftes, ganz deutliches Signal.
Sie kippte die Pilze zum Fenster hinaus, während Flora das Tablett mit dem Dessert vorbereitete; sie hörte Flora wieder heraufkommen, mit diesem Rhythmus, der etwas von einem Schellengeläut oder einem losgelassenen Füllen hatte, sie sagte ihr, die Pilze seien köstlich gewesen, rühmte die Farbe des Kürbiskompotts, bat sie um eine große Tasse starken Kaffee, und sie möchte ihr doch ein neues Päckchen Zigaretten heraufbringen. Es ist sehr warm, Señora Matilde, heute nacht sollten Sie Ihr Fenster weit offen lassen, ich werde Insektenspray versprühen, bevor Sie schlafen gehen, das hab ich schon bei Carlitos gemacht, er ist sofort eingeschlafen, und Sie haben ja gesehen, wie er sich gesträubt hat, es fehlt ihm der Papa, dem armen Kerl, dabei hat ihm Simón heute nachmittag viele Geschichten erzählt. Sagen Sie mir, wenn Sie noch etwas brauchen, Señora Matilde, ich möchte früh schlafen gehen, wenn Sie gestatten. Natürlich gestattete sie ihr das, obgleich Flora sie deswegen noch nie um Erlaubnis gebeten hatte, denn wenn sie ihre Arbeit beendet hatte, zog

sie sich für gewöhnlich in ihr Zimmer zurück, um Radio zu hören oder zu stricken. Matilde sah sie einen Moment an, Flora lächelte zufrieden, sie nahm das Tablett mit dem Kaffee vom Tischchen und ging hinunter, um das Insektenspray zu holen, es ist besser, ich lasse es Ihnen da, ich stelle es hier auf die Kommode, Señora Matilde, Sie können es dann selbst versprühen, wenn Sie schlafen gehen, doch nicht früher, denn obwohl draufsteht, daß es duftet, riecht es nicht gut. Sie schloß die Tür, das Füllen ging im leichten Trab die Treppe hinunter, ein letztes Klappern von Geschirr; die Nacht begann genau in dem Moment, als Matilde die Flasche hinter den Büchern hervorholte und sie neben ihren Sessel stellte. Der Lichtschein der niedrig hängenden Lampe reichte knapp bis zum Ehebett im Hintergrund des Zimmers, dunkel sah man einen der beiden Nachttische und das Sofa, auf dem sie ihren Roman liegengelassen hatte, aber er lag nicht mehr dort, nach so vielen Tagen hatte Flora beschlossen, ihn auf das leere Brett des Bücherregals zu legen. Beim zweiten Whisky hörte Matilde in der Ferne irgendeinen Glockenturm 10 Uhr schlagen, sie meinte, diese Glocke nie zuvor gehört zu haben, zählte jeden Schlag und sah zum Telefon, vielleicht Perla, aber nein, nicht um diese Zeit, sie nahm es einem übel oder sie hob erst gar nicht ab. Also besser Alcira, Alcira anrufen und ihr sagen, ihr nur sagen, daß sie Angst habe, das sei zwar albern, aber sollte Mario nicht gerade mit dem Wagen weg sein, irgend so etwas. Sie hörte nicht, wie die Haustür geöffnet wurde, aber das blieb sich gleich, denn sie war sich völlig sicher, daß die Haustür geöffnet wurde oder geöffnet werden würde, da war nichts zu machen, sie konnte nicht auf den Treppenabsatz hinausgehen und in den Salon hinuntersehen, sie konnte nicht nach Flora läuten, das Insektenspray stand da, auch das Wasser gegen den Durst und für die Tabletten, und die Bettdecke war bereits zurückgeschlagen. Sie trat ans Fenster, die Straße war ausgestorben; hätte sie einen Augenblick früher hinausgeblickt, hätte sie vielleicht Milo gesehen, wie er über die Straße kam und unter dem Balkon verschwand, aber das wäre noch schlimmer gewesen, denn was konnte sie Milo zurufen, wie konnte sie ihn daran hindern, ins Haus zu kommen, wo doch Flora ihm öffnete, um ihn in ihr Zimmer zu lassen, Flora war in diesem Augenblick noch schlimmer als Milo, Flora würde alles erfahren, würde Milo rächen, indem sie sich an ihr rächte, sie in den Schmutz zöge, vor Germán bloßstellte, einen Skandal verursachte. Es war ihr nicht mehr möglich, irgend etwas zu tun, und sie konnte auch nicht die Wahrheit herausschreien, es blieb ihr lediglich die absurde Hoffnung, daß Milo nur wegen Flora gekommen war, daß ein unglaublicher Zufall ihn mit Flora bekannt gemacht hatte, ohne daß es einen Bezug zu all dem übrigen gab, daß diese Straßenecke für Milo eine x-beliebige Straßenecke war, daß er hierhergekommen ist, ohne zu wissen, daß dieses Haus das von Germán ist, ohne von seinem Tod in Mexiko zu wissen, daß Milo sie nicht über Floras Körper zu fassen kriegen wollte. Ganz betrunken wankte sie zu ihrem Bett, riß sich die Kleider vom Leibe, die ihr auf der Haut klebten, warf sich nackt aufs Bett und fingerte nach dem Tablettenröhrchen, die letzte Zuflucht. Die Tabletten ließen sich schlecht aus dem Röhrchen herausholen, und Matilde häufte sie auf dem Nachttisch, ohne hinzusehen, ihr Blick war auf das Bücherregal gerichtet, wo der Roman lag, aufgeschlagen und mit dem Gesicht nach unten, auf dem einzigen leeren Brett, so wie Flora ihn hingelegt hatte, sie sah den malaiischen Dolch, den der Cholo Germán geschenkt hatte, sah die Kristallkugel auf ihrem Sockel aus rotem Samt. Sie war sicher, daß die Tür unten schon geöffnet worden war, daß Milo ins Haus gekommen und in Floras Zimmer gegangen war, jetzt würde er mit Flora reden, würde schon begonnen haben, sie auszuziehen, denn für Flora mußte das der einzige Grund sein, weshalb Milo gekommen war, er hatte nur Zutritt zu ihrem Zimmer erlangt, um sie auszuziehen und sich selbst auszuziehen, sie küssend, laß mich, laß mich dich streicheln, so, und Flora sträubt sich, nicht heute, Simón, ich habe Angst, laß mich, laß mich, aber

Simón hatte sie, ohne sich zu beeilen, sachte übers Bett gelegt und küßte sie aufs Haar, suchte ihre Brüste unter ihrer Bluse, legte sein Bein auf ihre Schenkel und zog ihr fast spielerisch die Schuhe aus, flüsterte ihr ins Ohr und küßte sie, ihrem Mund immer näher kommend, ich liebe dich, Liebling, laß mich dich ausziehen, laß mich dich sehen, du bist so hübsch, schiebt die Lampe weg, um sie in Halbdunkel und Liebkosungen zu hüllen, Flora gibt mit einem ersten Wimmern nach, die Angst, daß man oben etwas hören könnte, daß Señora Matilde oder Carlitos, aber nein, sprich leise, laß mich jetzt, so, die Kleider fliegen zu Boden, die Zungen treffen sich, die Seufzer, tu mir nicht weh, Simón, bitte tu mir nicht weh, es ist das erste Mal, ich weiß, bleib so, sei jetzt ruhig, schrei nicht, Liebling, schrei nicht.
Sie schrie, aber in Simóns Mund, denn er hatte es vorausgesehen, hatte seine Zunge zwischen ihre Zähne geschoben, während er mit seinen Fingern in ihrem Haar wühlte, sie schrie, und dann weinte sie unter Simóns Händen, die ihr das Gesicht bedeckten und es liebkosten, nach einem letzten Mama, Mama, gab sie nach, aus dem Wimmern wurde ein Keuchen, ein mattes Klagen, Liebling, Liebling, dann das sanfte Daliegen der verschmolzenen Körper, der heiße Atem der Nacht. Lange danach, nach den Zigaretten, die sie an der Rückenlehne aus Kopfkissen rauchten, das Handtuch zwischen den Schenkeln voller Scham, die Worte, die Pläne, die Flora wie im Traum stammelte, die Hoffnungen, die Simón sich anhörte, während er sie anlächelte, ihr die Brüste küßte, mit einer langsamen Spinne aus Fingern über ihren Bauch spazierte, selbstvergessen, benommen, schlaf jetzt etwas, ich gehe ins Bad und bin gleich wieder da, ich weiß, wo es ist, ich brauche kein Licht, bin wie eine Katze in der Nacht, und Flora, nein, Simón, man wird dich hören, aber Dummerchen, ich sag dir doch, daß ich wie eine Katze bin, und ich weiß, wo die Tür ist, schlaf etwas, ich komme gleich wieder, ja so, ganz ruhig.
Er schloß die Tür, und es war, als vergrößerte er die Stille im

Haus; völlig nackt ging er durch die Küche und den Salon bis zur Treppe und setzte vorsichtig den Fuß auf die erste Stufe. Schönes Holz, ein schönes Haus hat dieser Germán Morales. Auf der dritten Stufe sah er den Lichtstreif unter der Tür des Schlafzimmers; er stieg die weiteren Stufen hinauf, drückte die Klinke nieder und stieß die Tür weit auf. Der Knall gegen die Kommode drang bis in den unruhigen Schlaf Carlitos', er richtete sich im Bett auf und schrie. Er schrie oft des Nachts, und Flora stand dann immer sofort auf, um ihn zu beruhigen, ihm Wasser zu bringen, bevor Germán aufwachte und ärgerlich würde. Es war ihr klar, daß sie Carlitos zur Ruhe bringen mußte, zumal Simón noch nicht zurück war, sie mußte das Kind beruhigen, bevor Señora Matilde sich Sorgen machen würde; sie hüllte sich in das Bettuch und lief in Carlitos' Zimmer, er saß am Fußende des Betts, starrte in die Luft und schrie vor Angst, sie nahm ihn in die Arme und redete mit ihm, sagte ihm, aber nicht doch, ich bin ja da, ich hole dir Schokolade, das Licht lasse ich solange an, doch da hörte sie den unbegreiflichen Schrei und lief mit Carlitos in den Armen in den Salon, die Treppe war von oben her beleuchtet, am Fuß der Treppe sah sie, wie sie dort oben vor der Tür hin und her wankten, die zwei ineinander verschlungenen nackten Körper, die langsam auf dem Treppenabsatz zusammensackten, von der oberen Stufe abrutschten, die ganze Treppe hinunterrollten, ohne sich voneinander zu lösen, bis sie auf dem Teppich des Salons unbeweglich liegen blieben, der Dolch in Simóns Brust, der auf dem Rücken lag, und Matilde, die so viele Schlaftabletten genommen hatte – den Beweis würde erst die Autopsie liefern –, daß sie zwei Stunden später starb, gerade als ich mit der Ambulanz dort eintraf und Flora eine Spritze setzte, um den Schock zu lindern, Carlitos ein Sedativ gab und die Krankenschwester bat, bei ihnen zu bleiben, bis die Angehörigen oder die Freunde kämen.

Alles scheint sich um Gesualdo zu drehen: Hatte er recht, das zu tun, was er getan hat, oder hat er sich an seiner Frau wegen etwas gerächt, wofür er sich selbst hätte strafen müssen? Paola, die zwischen zwei Proben in die Hotelbar gegangen war, um etwas zu verschnaufen, diskutiert mit Lucho und Roberto, während die anderen Canasta spielen oder auf ihre Zimmer gehen. Er hat recht getan, behauptet Roberto, egal ob damals oder heute, seine Frau betrog ihn, und er hat sie umgebracht, ein Tango mehr, Paolita. Dein Machismo, entgegnet Paola, Tangos, gewiß, aber heute gibt es auch Frauen, die Tangos machen, und man singt nicht mehr immer dasselbe. Man sollte tiefer schürfen, getraut sich Lucho der Schüchterne zu sagen, es ist nicht einfach zu verstehen, warum einer untreu wird und warum einer tötet. Vielleicht in Chile, sagt Roberto, ihr seid ja so gesittet, aber wir aus La Rioja: Messer rein und fertig. Sie lachen, Paola möchte einen Gin-Tonic, es ist wahr, man sollte hinter die Dinge kucken, tiefer eindringen, Carlo Gesualdo hat seine Frau mit einem anderen im Bett überrascht, und er hat sie beide umgebracht oder umbringen lassen, das ist etwas für den Polizeibericht oder die Kurznachrichten um halb eins, alles übrige (und sicher liegt die wahre Geschichte ebenda verborgen) müßte man recherchieren, und das ist nach vier Jahrhunderten nicht einfach. Es gibt eine Menge Literatur über Gesualdo, erinnert sich Lucho, wenn es dich derart interessiert, dann kannst du sie ja studieren, wenn wir im März wieder nach Rom kommen. Gute Idee, gibt Paola zu, fragt sich nur, ob wir noch einmal nach Rom kommen.

Roberto sieht sie an, ohne etwas zu sagen, Lucho senkt den Kopf und ruft dann den Kellner, um noch ein paar Drinks zu bestellen. Spielst du auf Sandro an? fragt Roberto, als er sieht, daß Paola erneut mit ihren Gedanken bei Gesualdo ist oder diese Fliege unter der Decke beobachtet. Nicht direkt, antwortet Paola, aber du wirst zugeben, daß alles schwieriger geworden ist. Das wird vorübergehen, sagt Lucho, ist eine bloße Anwandlung von Sandro, er hat einen Koller gekriegt, aber er wird nicht weiter gehen. Mag sein, gibt Roberto zu, aber bis er sich wieder eingekriegt hat, müssen wir, die Gruppe, darunter leiden, unsere Proben sind miserabel, und überhaupt proben wir viel zuwenig, das wird man am Ende merken. Ganz bestimmt, sagt Lucho, wir singen verkrampft, haben Angst, einen Bock zu schießen. Den haben wir schon in Caracas geschossen, noch ein Glück, daß die Leute Gesualdo kaum kennen, Marios Entgleisung hielten sie für eine weitere harmonische Kühnheit. Schlimm wird es erst, wenn uns sowas bei Monteverdi passiert, murmelt Roberto, den kennen sie nämlich auswendig, mein Lieber.

Es war einigermaßen außergewöhnlich, daß das einzige feste Paar des Ensembles Franca und Mario waren. Von fern Mario und Sandro betrachtend, die sich vor einer Partitur und zwei Bieren unterhielten, sagte sich Paola, daß es in der Gruppe sehr selten flüchtige Liaisons, Beziehungen von kurzer Dauer gegeben hatte, eben nur ein Wochenende lang Karen mit Lucho (oder Karen mit Lily, denn bei Karen wußte man ja, und Lily vielleicht aus reiner Gefälligkeit oder um zu sehen, wie das so ist, obgleich Lily auch mit Sandro, eine erstaunliche Bandbreite bei Karen und Lily, muß man sagen). Ja, man mußte zugeben, daß das einzige feste Paar, das diesen Namen verdient, Franca und Mario waren, mit Ring am Finger und allem. Was sie selbst betraf, so hatte sie sich in Bergamo einmal ein Hotelzimmer voller Draperien und Spitzenkram genehmigt, mit Roberto in einem Bett, das aussah wie ein Schwan, ein kurzes Intermezzo ohne Nachspiel, gute Freunde danach wie vorher, so etwas passierte schon mal, zwischen zwei Konzerten, gewissermaßen zwischen zwei Madrigalen, Karen und Lucho, Karen und Lily, Sandro und Lily. Und alle immer gute Freunde, denn die echten Paare bildeten sich erst wieder am Ende der Tourneen, in Buenos Aires und in Montevideo, dort warteten auf sie ihre Frauen oder Ehemänner, Kinder, Häuser und Hunde, bis zur nächsten Tournee, ein Seemannsdasein mit all dem, was das nun mal impliziert, völlig bedeutungslos, lauter moderne Menschen. Bis. Denn etwas war jetzt anders geworden, nachdem. Ich kann nicht mehr richtig denken, dachte Paola, lauter Satzfetzen. Wir sind alle viel zu angespannt, *damn it*. Auf einmal sah sie Mario und Sandro, die über Musik diskutierten, anders, so als gäbe es bei ihnen untergründig eine andere Diskussion. Doch nein, darüber sprachen sie nicht, eben darüber sprachen sie ganz bestimmt nicht. Letzten Endes blieb die Tatsache bestehen, daß das einzige echte Paar Mario und Franca waren, auch wenn Mario und Sandro natürlich nicht darüber diskutierten. Obgleich vielleicht untergründig, ganz untergründig.

Alle drei werden sie zum Strand von Ipanema gehen, am Abend soll die Gruppe in Rio singen, man muß die Gelegenheit nutzen. Gern schlendert Franca mit Lucho herum, sie haben dieselbe Art, die Dinge zu betrachten, so als berührten sie sie nur so eben mit den Fingern ihrer Augen, sie haben viel Spaß zusammen. Roberto wird es fertigbringen, sich in letzter Minute an sie zu hängen, wie schade, denn er sieht alles so ernst und verlangt, daß man ihm zuhört, sie werden ihn im Schatten seine *Times* lesen lassen, sie selber werden im Sand Ball spielen, werden schwimmen und ihre Glossen machen, während Roberto zu dösen beginnt und erneut Sandro vor sich sieht, der den Kontakt zur Gruppe mehr und mehr verliert und mit seiner Verbohrtheit allen nur schadet. Da wird Franca den weißroten Ball werfen, Lucho wird hochspringen, um ihn zu fangen, sie werden bei jedem Wurf wie verrückt lachen, schwer, sich auf die *Times* zu konzentrieren, schwer, den Zusammenhalt zu bewahren, wenn ein Dirigent den Kontakt verliert wie jetzt im Fall von Sandro, und es ist nicht Francas Schuld, natürlich ist es nicht ihre Schuld, wie es auch nicht Francas Schuld ist, daß der Ball jetzt mitten zwischen die Gläser der Leute fällt, die dort unter einem Sonnenschirm Bier trinken, und man hinlaufen und sich entschuldigen muß. Die *Times* zusammenfaltend, wird sich Roberto an seine Unterhaltung mit Paola und Lucho in der Bar erinnern; wenn Mario nicht endlich etwas tut, wenn er Sandro nicht sagt, daß Franca sich nie auf ein anderes Spiel als das seine einlassen wird, dann wird alles zum Teufel gehen, nicht nur daß Sandro die Proben schlecht leitet, sondern er singt auch schlecht, er verliert diese Konzentration, die sich indirekt auf die Gruppe auswirkte und ihr diese Einheitlichkeit und dieses Timbre gab, wovon die Kritiker so oft gesprochen haben. Der Ball im Wasser, sie laufen um die Wette, Lucho ist erster, Franca macht einen Kopfsprung in die Wellen. Ja, Mario müßte es merken (unmöglich, daß er noch nichts gemerkt haben sollte), die Gruppe wird unweigerlich zum Teufel gehen, wenn Mario nicht endlich was unternimmt. Aber wie etwas unternehmen, wenn nichts vorgefallen ist, wenn niemand sagen kann, daß etwas vorgefallen sei.

Sie schöpfen schon Verdacht, ich weiß, aber was kann ich dagegen tun, es ist wie eine Krankheit, ich kann sie nicht ansehen, kann ihr keinen Einsatz geben, ohne daß wieder dieser Schmerz und zugleich diese Wonne, ohne daß alles schwankt und weggleitet wie Sand, ein Brausen auf der Bühne, ein Fluß unter meinen Füßen. Ah, wenn ein anderer von uns dirigierte, wenn Karen oder Roberto dirigierte, damit ich im Ensemble aufgehen könnte, als bloßer Tenor unter den anderen Stimmen, vielleicht dann, vielleicht würde es dann aufhören. Da, sieh ihn dir an, so ist er jetzt immer, sagt Paola, er träumt mit offenen Augen, mitten in den verzwicktesten Passagen der Gesualdos, wenn man millimetergenau sein muß, um nicht abzustürzen, gerade dann ist er wie weggetreten, Scheiße. Aber Mädchen, sagt Lucho, Damen sagen nicht Scheiße. Doch unter welchem Vorwand abtreten, mit Karen oder mit Roberto sprechen, dabei ist es gar nicht sicher, daß sie annehmen, ich dirigiere sie schon so lange, und so einen Wechsel vollzieht man nicht von heute auf morgen, von der Technik ganz abgesehen. Gestern abend war es so stark, einen Augenblick lang habe ich gedacht, daß irgendeiner es mir im Zwischenakt sagen würde, es ist offensichtlich, daß sie es nicht mehr aushalten können. Im Grunde hast du recht zu fluchen, sagt Lucho. Im Grunde ja, aber es ist idiotisch, sagt Paola, Sandro ist von uns allen der beste Musiker, ohne ihn wären wir nicht, was wir sind. Was wir waren, murmelt Lucho.

Es gibt jetzt Abende, da scheint sich alles endlos hinzuziehen, das alte Fest – erst etwas gehemmt, aber dann gibt man sich blind dem Jubel der Melodie hin – ist jetzt immer mehr bloße Routine (Roberto brummig), sich zitternd die Boxhandschuhe anziehen, in den Ring steigen und aufpassen, daß man nicht eins auf die Birne kriegt. Feinsinnige Vergleiche, bemerkt Lucho, Paola ansehend. Er hat recht, was für eine Scheiße, sagt Paola, für mich war Singen immer wie ein einziger Orgasmus, und jetzt ist es nur ein ödes Masturbieren. Was für treffende Vergleiche, sagt Roberto lachend, aber es stimmt, wir waren anders, neulich, als ich Science-fiction las, habe ich das richtige Wort gefunden: wir waren ein *clone*. Ein was? (Paola) Ich versteh dich, seufzt Lucho, es ist wahr, das Singen und das Leben und selbst die Gedanken waren eins in acht Körpern. Wie die drei Musketiere, fragt Paola, alle für einen und einer für alle? Genau, mein Kind, bestätigt Roberto, aber heute nennt man es *clone*, das klingt gelehrter. Wir sangen und lebten wie ein einziger, sagt Lucho leise, ganz anders als heute, wo wir uns lustlos zur Probe und zum Konzert schleppen, das Programm, das nie endet, nie. Eine unendliche Angst, sagt Paola, jedesmal denke ich, daß wieder einer ins Schlittern gerät, ich sehe Sandro an, als wäre er ein Rettungsring, und dieser Idiot da hängt an Francas Augen, und Franca blickt, wann immer sie kann, Mario an, was alles noch schlimmer macht. Sie tut gut daran, sagt Lucho, ihn und nur ihn muß sie ansehen. Sicher tut sie gut daran, aber alles geht langsam zum Teufel. Ganz langsam, was noch schlimmer ist, sagt Roberto, ein Schiffbruch in Zeitlupe.

Fast eine Manie, dieser Gesualdo. Denn sie liebten ihn, klar, und seine fast unsingbaren Madrigale zu singen verlangte viel Mühe und Fleiß, auch widmeten sie sich intensiv dem Studium der Texte, immer auf der Suche nach der besten Möglichkeit, die Gedichte und die Melodie in Einklang zu bringen, so wie der Fürst von Venosa das in seiner instinktuellen, genialen Art getan hatte. Jede Stimme, jeder Ton mußte diese schwer zu fixierende Mitte treffen, aus der heraus das Madrigal sich verwirklichen würde, und nicht eine der vielen mechanischen Versionen, die sie manchmal auf Platten hörten, um zu vergleichen, um zu lernen, um ein bißchen Gesualdo zu sein, Mörderfürst, Herr der Musik.
Dann kam es oft zu harten Auseinandersetzungen, fast immer zwischen Roberto und Paola, Lucho war maßvoller, aber traf genau, jeder empfand Gesualdo anders, daher die Schwierigkeit, sich einer anderen Interpretation zu fügen, auch wenn sie sich nur minimal von der eigenen unterschied. Roberto hatte recht gehabt, der *clone* löste sich auf, und jeden Tag zeigten sich mehr die Individuen mit ihren eigenen Anschauungen und ihrer Widerspenstigkeit, am Ende war es immer Sandro, der den Streit schlichtete, niemand widersprach seiner Auffassung von Gesualdo, außer Karen und manchmal Mario, in den Proben waren immer sie es, die etwas bemängelten und Änderungen vorschlugen, Karen giftete geradezu gegen Sandro (nach Paolas Theorie eine alte unglückliche Liebe), und Mario brillierte mit Vergleichen, Beispielen und musikalischen Rechtssprüchen. Wie in steigender Modulation dauerten die Streitigkeiten Stunden, bis es zu einer Übereinkunft oder einer momentanen Einigung kam. Jedes Madrigal von Gesualdo, das sie in ihr Repertoire aufnahmen, bedeutete einen neuen Zusammenstoß, vielleicht kehrte die Nacht wieder, da der Fürst beim Anblick der nackten, schlafenden Liebenden den Dolch gezückt hatte.

Lily und Roberto hören Sandro und Lucho zu, die nach zwei Scotch ihre Intelligenz ausspielen. Sie sprechen von Britten und von Webern und am Ende immer von dem aus Venosa, heute ist es *O voi, troppo felici,* man sollte es mehr betonen (Sandro), oder im Gegenteil die Melodie in ihrer ganzen gesualdischen Ambivalenz einfach fließen lassen (Lucho). Aber ja, aber nein, genau das, eben nicht, Pingpong aus Spaß an den effektvollen Schlägen, den schneidenden Entgegnungen. Wirst schon sehen, wenn wir das proben (Sandro), aber vielleicht hält die Probe nicht Stich (Lucho), dann möchte ich wissen, warum nicht, und Lucho ist es satt, er öffnet den Mund, um zu sagen, was auch Roberto und Lily sagen würden, wenn Roberto in seiner Barmherzigkeit Lucho nicht das Wort abschnitte, indem er vorschlägt, noch einen Drink zu nehmen, und Lily, ja, und die anderen, aber klar, mit viel Eis.

Es wird schon zur Obsession, ist eine Art von *cantus firmus,* um den sich das Leben der Gruppe dreht. Sandro ist der erste, der das spürt, einmal war dieser Mittelpunkt die Musik, und um sie herum kreisten die Lichter von acht Leben, von acht Solisten, die acht kleinen Planeten der Sonne Monteverdi, der Sonne Josquin des Prés, der Sonne Gesualdo. Dann schwebt Franca langsam in einen Himmel aus Klängen auf, ihre grünen Augen, die auf die Einsätze lauern, auf die kaum wahrnehmbaren rhythmischen Anweisungen, verändern und zerreißen den Zusammenhalt des *clone,* ohne es zu wissen und zu wollen, Roberto und Lily denken das unisono, während Lucho und Sandro, jetzt ganz ruhig, auf das Problem von *O voi, troppo felici* zurückkommen, sich die Lösung von dieser großen Intelligenz erwarten, die nach dem dritten Scotch des Abends nie versagt.

Warum hat er sie umgebracht? Die alte Geschichte, sagt Roberto zu Lily, er hat sie in ihrem Gemach in den Armen eines anderen überrascht, wie in dem Tango von Rivero, und da hat sie der Fürst persönlich, vielleicht auch einer seiner Häscher, einfach erdolcht, ist dann aus Angst vor der Rache der Brüder der Toten geflohen und hat sich in Schlössern vergraben, wo im Laufe der Jahre das raffinierte Spinngewebe der Madrigale entstanden sein muß. Roberto und Lily vergnügen sich damit, dramatische und erotische Varianten zu ersinnen, denn sie sind das Problem von *O voi, troppo felici* leid, das auf dem Sofa neben ihnen immer noch in rabulistischer Weise diskutiert wird. Man spürt an der Atmosphäre, daß Sandro verstanden hat, was Lucho ihm sagen wollte: wenn es mit den Proben so weitergeht, wird alles immer mechanischer werden, man wird hoffnungslos an der Partitur und am Text kleben, ein Carlo Gesualdo ohne Liebe und Eifersucht, ein Carlo Gesualdo ohne Dolch und Rache, alles in allem ein fleißiger Madrigalist unter vielen anderen.

»Proben wir mit dir«, wird Sandro am nächsten Morgen vorschlagen. »Es wäre vielleicht besser, wenn du ab jetzt dirigierst, Lucho.«
»Ihr seid nicht ganz bei Trost«, wird Roberto sagen.
»Genau«, wird Lily sagen.
»Ja doch, proben wir mit dir, mal sehn, wie's geht, und wenn die anderen einverstanden sind, bleibst du da vorne.«
»Nein«, wird Lucho sagen, der rot geworden ist und sich ärgert, daß er rot geworden ist.
»Es geht nicht darum, den Dirigenten zu wechseln«, wird Roberto sagen. »Natürlich nicht«, wird Lily sagen.
»Vielleicht doch«, wird Sandro sagen, »vielleicht wird uns das allen guttun.«
»Auf jeden Fall nicht ich«, wird Lucho sagen. »Ich seh mich nicht da vorne, nichts zu machen. Ich habe meine Vorstellungen wie jeder andere, aber ich kenne meine Grenzen.«
»Das ist mir ein Herzchen, dieser Chilene«, wird Roberto sagen. »Ist er«, wird Lily sagen.
»Entscheidet ihr«, wird Sandro sagen, »ich geh jetzt schlafen.«

»Schlaf weiß Rat«, wird Roberto sagen. »Hast recht«, wird Lily sagen.

Nach dem Konzert suchte er ihn, nicht daß es schlecht gelaufen wäre, aber wieder diese Verkrampfung, als lauerte eine Gefahr, als würde man gleich einen Schnitzer machen, Karen und Paola sangen ohne Gefühl, Lily war ganz blaß, Franca sah kaum zu ihm hin, die Männer waren zwar konzentriert, aber zugleich wie abwesend; er selbst hatte Probleme mit der Stimme, dirigierte kühl, aber wurde immer unsicherer, je weiter sie im Programm vorankamen; das honduranische Publikum war begeistert, aber das genügte nicht, diesen schlechten Geschmack im Mund loszuwerden, deshalb suchte er Lucho nach dem Konzert, und in der Bar des Hotels fand er ihn zusammen mit Karen, Mario, Roberto und Lily, sie tranken, fast ohne zu reden, warteten bei lustlos erzählten Anekdoten auf die nötige Bettschwere, Karen und Mario zogen sich schon bald zurück, aber Lucho schien sich von Lily und Roberto nicht trennen zu wollen, Sandro mußte sich wohl oder übel dazusetzen, mit einem letzten Glas, das in dem Schweigen nicht leer werden wollte. Letztlich ist es ganz gut, daß wir hier wieder dieselben sind wie neulich abend, sagte Sandro mitten ins Schweigen hinein, du, ich hab dich gesucht, um dir noch einmal zu sagen, was ich dir schon gesagt habe. So, sagte Lucho, aber ich kann dir darauf nur die Antwort geben, die ich dir schon gegeben habe. Wieder sprangen Roberto und Lily ihm bei, es gibt andere Möglichkeiten, Mann, warum versteifst du dich auf Lucho. Wie ihr wollt, mir ist es gleich, sagte Sando und trank seinen Whisky in einem Zug aus, macht es unter euch aus, und wenn ihr euch entschieden habt, sagt es mir. Ich stimme für Lucho. Ich für Mario, sagte Lucho. Es geht nicht darum, jetzt abzustimmen, was soll's (Roberto aufgebracht, und Lily, ja, was soll's). Nun gut, wir haben Zeit, das nächste Konzert ist in zwei Wochen in Buenos Aires. Ich mache einen Sprung nach La Rioja, um die alte Dame zu besuchen (Roberto, und Lily, ich muß mir eine Handtasche kaufen). Du suchst mich, um mir das zu sagen, sagte Lucho, alles gut und schön, aber so etwas bedarf der Erklärung, hier hat jeder seine Theorie, und du natürlich auch, es wird Zeit, mit offenen Karten zu spielen. Auf keinen Fall heute abend, dekretierte Roberto (und Lily, natürlich nicht, ich falle um vor Müdigkeit, und Sandro, bleich, betrachtete sein leeres Glas, ohne es zu sehen).

»Diesmal war es ein Skandal«, dachte Paola nach rastlosen Gesprächen und Beratungen mit Karen und Roberto, »das nächste Konzert werden wir nicht durchstehen, zumal es in Buenos Aires ist, die Leute werden uns auspfeifen, das sagt mir mein kleiner Finger; immerhin ist da die Familie, schlimmstenfalls bleibe ich bei Mama und meiner Schwester und warte auf eine neue Chance.«
»Jeder wird schon wissen, was er tun wird«, dachte Lucho, der ohne viel zu reden schon seine Fühler ausgestreckt hatte. »Jeder wird auf seine Weise zurechtkommen, wenn es kein Einvernehmen, kein *clone* gibt, wie Roberto sagen würde, aber Buenos Aires wird man nicht hinter sich bringen, ohne daß die Fetzen fliegen, das sagt mir mein Instinkt. Diesmal war es denn doch zuviel.«

Cherchez la femme. La femme? Roberto weiß, daß man besser den Mann sucht, wenn man etwas finden will, woran man sich halten kann, Franca wird wie immer ausweichen, mit Bewegungen wie ein Fisch im Goldfischglas, mit unschuldigen riesigen grünen Augen, denn wie's scheint, ist sie ja auch an nichts schuld, daher besser Mario suchen und finden. Hinter dem Qualm seiner Zigarre ist er geradezu heiter, ein alter Freund hat schließlich ein Recht darauf, alles zu erfahren, aber sicher, das stimmt, vor sechs Monaten in Brüssel hat das angefangen, Franca hat es mir sofort gesagt. Und du? Roberto als guter Riojaner zieht sofort das Messer. Pah, ich? Mario, der Friedfertige, der stille Genießer tropischer Tabake und riesiger grüner Augen, ich kann nichts machen, mein

Lieber, wenn er sich verknallt hat, hat er sich verknallt. »Aber sie«, möchte Roberto sagen und sagt es nicht.

Paola dagegen ja, wer wollte Paola in der Stunde der Wahrheit zurückhalten. Auch sie wandte sich an Mario (sie waren tags zuvor in Buenos Aires angekommen, bis zum Konzert blieb noch eine Woche, die erste Probe nach den freien Tagen war bloße Routine gewesen, völlig lustlos, Janequin und Gesualdo fast ein und dasselbe, zum Heulen). Tu etwas, Mario, ich weiß auch nicht was, aber tu etwas. Das einzige, was man tun kann, ist, nichts zu tun, antwortete Mario. Wenn Lucho es ablehnt, zu dirigieren, weiß ich nicht, wer Sandro ersetzen könnte. Du, Tropf. Ja, aber nicht doch. Dann muß man annehmen, daß du das absichtlich tust, schrie Paola, du siehst nicht nur mit an, wie alles vor deiner Nase in die Brüche geht, sondern darüber hinaus machst du uns alle auch noch arbeitslos. Schrei nicht so, sagte Mario, ich hör sehr gut, glaub mir.

Wie ich dir sage, ich hab ihm ins Gesicht geschrien, und da hast du, was er mir geantwortet hat, der... Scht, Mädchen, sagt Roberto, Hahnrei ist ein häßliches Wort, wenn du das in La Rioja sagst, richtest du ein Blutbad an. Das wollte ich nicht sagen, sagt Paola etwas reumütig, niemand weiß, ob sie miteinander schlafen, und schließlich ist es völlig belanglos, ob sie miteinander schlafen oder ob sie sich ansehen, als schliefen sie mitten im Konzert miteinander, nicht darum geht es. Da bist du ungerecht, sagt Roberto, derjenige, der den Blick nicht abwenden kann, der den Kopf verliert, der wie ein Falter ins Licht fliegt, der verdammte Idiot ist Sandro, niemand kann Franca vorwerfen, daß sie ihm diese Art von Schröpfer aufgesetzt, sich mit Blicken an ihm festgesaugt hat, wie er das tut, sobald er sie vor sich hat. Aber Mario, insistiert Paola, wie kann der das zulassen? Ich nehme an, daß er ihr vertraut, sagt Roberto, er liebt sie wirklich und kümmert sich nicht um saugende Blicke und schmachtende Gesichter.

Möglich, gibt Paola zu, aber warum lehnt er es ab, uns zu dirigieren, wo Sandro der erste ist, der mit ihm einverstanden wäre, und Lucho selbst und wir alle ihn darum gebeten haben?

Wenn Rache eine Kunst ist, wird sie auch diese filigranähnlichen Formen annehmen, die ihr eine subtilere Schönheit geben. »Es ist seltsam«, denkt Mario, »daß sich jemand, der fähig war, die Klangwelt dieser Madrigale zu ersinnen, so grob, auf so großtuerische Weise hat rächen können, wo er es doch vermocht hätte, ein perfektes Spinngewebe zu spinnen und mit anzusehen, wie die Beute sich darin verfängt, ihr langsam das Blut auszusaugen, eine Folter von Wochen und Monaten zu madrigalisieren.« Er blickt Paola an, die eine Passage aus *Poichè l'avida sete* repetiert, und lächelt ihr freundschaftlich zu. Er weiß sehr gut, warum Paola wieder von Gesualdo gesprochen hat, warum fast alle, wenn von Gesualdo die Rede ist, ihn ansehen, die Augen senken und das Thema wechseln. *Sete,* sagt er zu ihr, beton dies *sete* nicht so stark, Paolita, man spürt den Durst stärker, wenn du das Wort sanft sprichst. Denk an die Epoche, an die Art, vieles ganz leise zu sagen und sogar auch zu tun.

Sie sahen, wie sie gemeinsam das Hotel verließen, Mario hatte Franca untergehakt, Lucho und Roberto konnten von der Bar aus verfolgen, wie sie sich langsam entfernten, wie Franca Marios Taille umfaßte und er den Kopf etwas zu ihr drehte und mit ihr sprach. Sie stiegen in ein Taxi, das sich in die Schlange einreihte, die sich langsam der Innenstadt zu bewegte.
»Ich versteh nicht, mein Lieber«, sagte Roberto zu Lucho, »ich schwöre dir, daß ich nichts verstehe.«
»Wem sagst du das, Bruderherz.«
»Nie war es so klar wie heute morgen, es sprang einem in die Augen, denn um Augen handelt es sich, diese unnütze Verstellung von Sandro, dem es immer zu spät einfällt, sich

nichts anmerken zu lassen, dieser Dummkopf, und sie ganz im Gegenteil, zum ersten Mal hat sie für ihn gesungen, ganz allein für ihn!«

»Auch Karen hat mich darauf aufmerksam gemacht, du hast recht, diesmal war sie es, die ihn angesehen hat, die ihn mit den Augen verschlungen hat, und weiß Gott, daß diese Augen das können, wenn sie wollen.«

»Da hast du's«, sagte Roberto, »auf der einen Seite die größte Uneinigkeit, die wir je erlebt haben, und das sechs Stunden vor dem Konzert, und was für einem Konzert, hier in Buenos Aires gibt man kein Pardon, das weißt du. Diesmal ist völlig klar, daß alles vorbei ist, das spürt man im Blut oder in der Prostata, sowas entgeht mir nie.«

»Fast dasselbe haben auch Karen und Paola gesagt, von der Prostata abgesehen«, sagte Lucho. »Mag sein, daß ich weniger sexy bin als ihr, aber diesmal ist auch mir das klar.«

»Und auf der anderen Seite Mario, der sie ganz vergnügt auf einem Einkaufsbummel begleitet oder einen Aperitif mit ihr trinken geht, das perfekte Ehepaar.«

»Unmöglich, daß er nichts wissen sollte.«

»Und er sich von ihr dies Geschmuse einer billigen Hure gefallen läßt.«

»Gehen wir, Roberto.«

»Warum so eilig, Chilene, laß mich wenigstens etwas verschnaufen.«

»Hast recht«, sagte Lucho, »das brauchen wir vor dem Konzert.«

»Das Konzert«, sagte Roberto. »Da bin ich mir nicht ganz sicher.«

Sie blickten sich an, und es war vorauszusehen, daß sie die Achseln zucken und die Zigaretten hervorholen würden.

Niemand wird sie sehen, trotzdem wird es ihnen unangenehm sein, wenn sie einander in der Hotelhalle begegnen, Lily wird Sandro ansehen, als wolle sie ihm etwas sagen, wird aber zögern und vor einer Vitrine stehenbleiben, und Sandro wird mit einem vagen Gruß zum Zigarettenkiosk gehen und ein Päckchen Camel verlangen, er wird Lilys Blick im Nacken spüren, wird bezahlen und dann zu den Aufzügen gehen, während Lily sich von der Vitrine lösen und neben ihn treten wird wie in einer anderen Zeit, bei einer anderen flüchtigen Begegnung, die sie jetzt noch einmal erlebt, was weh tut. Sandro wird ein »Wie geht's« murmeln, wird den Blick senken und das Päckchen Zigaretten aufreißen. Von der Aufzugstür aus wird er sehen, wie sie am Eingang zur Bar zögert und sich zu ihm umdreht. Er wird umständlich die Zigarette anzünden und hinauffahren, um sich für das Konzert umzuziehen, Lily wird in die Bar gehen und einen Cognac bestellen, was zu dieser Zeit nicht gut ist, wie es auch nicht gut ist, zwei Camel hintereinander zu rauchen, wenn fünfzehn Madrigale auf einen warten.

Wie immer in Buenos Aires sind die Freunde da, und nicht nur im Parkett, sondern sie suchen einen auch in den Garderoben und Kulissen, Umarmungen, Wangenküsse, Schulterklopfen, endlich wieder da, Bruderherz, aber wie hübsch du bist, Paolita, ich stelle dich der Mutter meines Verlobten vor, hör mal, Roberto, du wirst zu dick, hallo, Sandro, ich habe die Kritiken aus Mexiko gelesen, formidabel, das Stimmengewirr im vollbesetzten Saal, Mario begrüßt einen alten Freund, der ihn nach Franca fragt, sie muß hier herum sein, die Leute auf den Parkettsitzen werden langsam leiser, noch zehn Minuten, Sandro fordert sie mit einer ruhigen Handbewegung auf, sich zu versammeln, Lucho macht sich von zwei Chileninnen los, die ihn mit einem Autogrammbuch bedrängen, Lily fast im Laufschritt, sie sind unheimlich nett, aber man kann schließlich nicht mit allen sprechen, Lucho neben Roberto wirft einen Blick in die Runde, und plötzlich sagt er etwas zu Roberto, und Karen und Paola fast gleichzeitig, wo ist Franca, die Gruppe bereit zum Auftritt, aber wo steckt Franca, Roberto zu Mario und Mario, was weiß ich, wir haben uns um sieben in der Innenstadt getrennt, Paola, wo ist

Franca, und Lily und Karen, wo ist sie, Sandro sieht Mario an, ich hab dir doch gesagt, sie ist allein zurückgefahren, sie muß jeden Augenblick dasein, noch fünf Minuten, Sandro geht auf Mario zu, Roberto stellt sich schweigend zwischen sie, du weißt doch sicher, was gespielt wird, und Mario, ich hab dir schon gesagt, nein, bleich und vor sich hin starrend, einer vom Bühnenpersonal sagt etwas zu Sandro und Lucho, man läuft durch die Kulissen, nein, mein Herr, sie ist nicht da, niemand hat sie kommen sehen, Paola schlägt die Hände vors Gesicht und beugt sich vor, als müßte sie sich übergeben, Karen stützt sie, und Lucho, bitte, Paola, reiß dich zusammen, noch zwei Minuten, Roberto blickt Mario an, der stumm und bleich ist, so stumm und bleich wie vielleicht Carlo Gesualdo war, als er das Schlafgemach verließ, fünf seiner Madrigale auf dem Programm, ungeduldiges Klatschen, und der Vorhang immer noch unten, nein, mein Herr, sie ist nicht da, wir haben überall nachgesehen, sie ist nicht ins Theater gekommen, Roberto schiebt sich wieder zwischen Sandro und Mario, das hast du absichtlich gemacht, wo ist Franca, laut brüllend, ein Gemurmel der Verwunderung auf der anderen Seite, der Impresario zittert, tritt vor den Vorhang, meine Damen und Herren, wir bitten noch um einen Augenblick Geduld, das hysterische Geschrei Paolas, Lucho bemüht sich verzweifelt, sie zu beruhigen, Karen wendet sich ab, entfernt sich langsam, Sandro bricht in den Armen Robertos zusammen, er hält ihn wie eine Strohpuppe und sieht Mario an, der immer noch bleich und unbeweglich dasteht, und Roberto begreift, daß es hier passieren mußte, hier in Buenos Aires, da haben wir's, Mario, es wird kein Konzert geben, es wird nie mehr ein Konzert geben, das letzte Madrigal singen sie fürs Nichts, ohne Franca singen sie es für ein Publikum, das es nicht hören kann, das sich verstört zu gehen anschickt.

Geschichten, die ich mir erzähle

Ich erzähle mir Geschichten, wenn ich allein schlafe, wenn mir das Bett größer und kälter erscheint, als es in Wirklichkeit ist, aber auch, wenn Niágara da ist und zufrieden vor sich hin murmelnd einschläft, fast so, als würde auch sie sich eine Geschichte erzählen. Ich möchte sie dann am liebsten wekken, um zu erfahren, wie ihre Geschichte geht (nur mummelt sie jetzt im Schlaf, und das ist keineswegs eine Geschichte), aber Niágara kommt von der Arbeit immer so müde nach Haus, daß es unfair und nicht schön wäre, sie zu wecken, wenn sie gerade eingeschlafen ist und ganz selig zu sein scheint, so in ihrem duftenden, murmelnden Schneckenhäuschen verkrochen, weshalb ich sie schlafen lasse und mir Geschichten erzähle, wie auch an den Tagen, wenn sie Nachtdienst hat und ich allein schlafe in diesem plötzlich riesigen Bett.

Ich erzähle mir alle möglichen Geschichten, doch fast immer mit mir in der Hauptrolle, eine Art argentinischer Walter Mitty, der sich in Situationen wähnt, die absonderlich oder einfach blöd oder von gekonnt großer Dramatik sind, damit derjenige, der die Geschichte verfolgt, an dem Melodrama oder der Alberei oder dem Humor, den der Erzähler ihm mit Fleiß bietet, auch sein Vergnügen habe. Da Walter Mitty nun aber auch seine Jekyll-und-Hyde-Seite hat, hat die angelsächsische Literatur in seinem Unterbewußtsein viel Unheil angerichtet, und seine Geschichten geraten ihm fast immer sehr romanhaft, scheinen für einen ebenso imaginären Druck wie geschaffen. Schon der Gedanke, die Geschichten, die ich mir vor dem Einschlafen erzähle, aufzuschreiben, scheint mir morgens unbegreiflich, zudem braucht ein Mensch seinen geheimen Luxus, seine heimliche Verschwendung, etwas, das andere bis zum letzten Krümel nutzen würden. Auch Aberglaube ist dabei, von jeher habe ich mir gesagt, wenn ich irgendeine der Geschichten, die ich mir erzähle, aufschreiben

würde, daß diese dann die letzte wäre, aus Gründen, die mir verborgen bleiben, aber die vielleicht zu tun haben mit den Ideen von Überschreitung und von Strafe; also besser nicht, denn ich kann mir nicht vorstellen, neben Niágara oder allein auf den Schlaf zu warten, ohne mir eine Geschichte erzählen zu dürfen, und statt dessen stumpfsinnig Schäfchen zählen oder, was noch schlimmer wäre, mir meinen wenig denkwürdigen Tagesablauf in Erinnerung bringen zu müssen.
Alles hängt von der Laune des Augenblicks ab, denn nie würde es mir einfallen, eine bestimmte Art von Geschichten zu wählen; sobald ich oder wir das Licht ausmachen und ich in diese zweite schöne Schicht Schwarz unter den geschlossenen Lidern gelange, ist die Geschichte da, der fast immer anregende Anfang einer Geschichte, sei es eine leere Straße, auf der sich von fern ein Auto nähert, oder das Gesicht von Marcelo Macías, wie er erfährt, daß man ihn befördert hat, was in Anbetracht seiner Unfähigkeit bislang ganz undenkbar war, oder einfach ein Wort oder ein Ton, der fünf- oder zehnmal wiederkehrt und woraus ein erstes Bild der Geschichte entsteht. Manchmal wundert es mich, daß nach einer Episode, die man als bürokratisch bezeichnen könnte, in der folgenden Nacht die Geschichte erotisch ist oder mit Sport zu tun hat; zweifellos habe ich viel Phantasie, mag man das auch nur vor dem Einschlafen merken, trotzdem nimmt mich ein so ungeahnt großes und abwechslungsreiches Repertoire immer noch wunder. Warum mußte ausgerechnet Dilia in dieser Geschichte auftauchen, und gerade in dieser Geschichte, wo doch Dilia eine Frau ist, die sich für eine solche Geschichte überhaupt nicht eignet; warum Dilia.
Doch schon vor langer Zeit habe ich beschlossen, mich nicht zu fragen, warum Dilia oder die Transsibirische Eisenbahn oder Muhammed Ali oder irgendeiner der Schauplätze, wo sich die Geschichten, die ich mir erzähle, gerade abspielen. Wenn ich mich in diesem Augenblick außerhalb der Geschichte an Dilia erinnere, so anderer Dinge wegen, die ebenfalls außerhalb der Geschichte stattfanden und stattfin-

den, wegen etwas, das nicht mehr die Geschichte ist und mich vielleicht deshalb veranlaßt zu tun, was ich mit den Geschichten, die ich mir erzähle, nicht hatte tun wollen noch können. In jener Geschichte (allein im Bett, Niágara würde erst um acht Uhr morgens aus dem Hospital nach Hause kommen) gab es eine Gebirgslandschaft und eine Straße, die einem Angst machten, die einen nötigten, vorsichtig zu fahren, während die Scheinwerfer jede Kurve auf ihre möglichen Tücken hin ableuchteten, allein und mitten in der Nacht in diesem riesigen, schwer zu lenkenden Lastwagen auf einer Paßstraße, die hart an Abgründen vorbeiführt. Fernfahrer zu sein schien mir schon immer ein beneidenswerter Beruf, weil ich es mir als eine der einfachsten Formen von Freiheit vorstelle, von einem Ort zu einem anderen in einem Fernlaster zu fahren, der zugleich ein Haus ist mit einer Matratze, um am Rande einer Landstraße die Nacht zu verbringen, mit einer Lampe zum Lesen und Konserven und Flaschenbier, einem Transistor, um in völliger Stille Jazz zu hören, und außerdem dieses Gefühl, daß man für die übrige Welt verschollen ist, daß niemand weiß, daß wir gerade diese Strecke gewählt haben und keine andere, so viele Möglichkeiten und Orte und Abenteuer, eingeschlossen Pannen und Überfälle, aus denen man jedoch stets als Sieger hervorgeht, wie es sich für Walter Mitty gehört.
Manchmal habe ich mich gefragt, warum Fernfahrer und nicht Flugkapitän oder Kapitän auf großer Fahrt, obgleich ich weiß, daß sich diese Berufe mit meiner schlichten, urwüchsigen Art, die ich tagsüber notgedrungen kaschieren muß, nicht vertragen, Fernfahrer sein heißt einer von denen sein, die mit Fernfahrern sprechen, heißt dorthin gehören, wo Fernfahrer verkehren, weshalb es oft geschieht, wenn ich mir eine Geschichte von großer Freiheit erzähle, daß sie in diesem Fernlaster beginnt, der durch die Pampa fährt oder durch eine imaginäre Landschaft wie diese jetzt, durch die Anden oder die Rocky Mountains, jedenfalls eine schwierige Strecke wie die, die ich in dieser Nacht gerade hinauffuhr, als ich am Fuß

der Felsen Dilias schmächtige Gestalt sah, vom Lichtbündel der starken Scheinwerfer gewaltsam dem Nichts entrissen, den violetten Wänden, die Dilia noch kleiner und verlassener erscheinen ließen, Dilia, die die inständige Handbewegung derjenigen machte, die nach langem Fußmarsch mit Rucksack mitgenommen werden möchten.
Wenngleich Fernfahrer sein eine Geschichte ist, die ich mir oft erzählt habe, mußte ich doch nicht unbedingt Frauen begegnen, die mich bitten, sie mitzunehmen, wie Dilia das tat, obgleich natürlich auch Frauen vorkamen, da diese Geschichten fast immer einer Phantasie Vorschub leisteten, in der die Nacht, der Fernlaster und die Einsamkeit perfekte Umstände für ein kurzes Glück am Ende der Etappe waren. Manchmal nicht, manchmal gab es nur eine Lawine, der ich, ich weiß nicht wie, entkam, oder die Bremsen, die auf der Talfahrt versagten, so daß alles in einem Wirbel sich überstürzender Bilder endete, was mich nötigte, die Augen zu öffnen und die Geschichte nicht weiter zu verfolgen, den Schlaf zu suchen oder Niágaras warme Taille zu berühren, erleichtert, dem Schlimmsten entgangen zu sein. Wenn die Geschichte eine Frau an den Straßenrand stellte, war diese Frau immer eine Unbekannte; die Launen der Geschichten, die ein rothaariges Mädchen oder eine Mulattin wählten, gesehen vielleicht in einem Film oder in einer Zeitschrift und an der Oberfläche des Alltags vergessen, bis die Geschichte sie mir zurückbrachte, ohne daß ich sie wiedererkannte. Dilia zu sehen war daher mehr als eine Überraschung, ja war geradezu ein Skandal, denn Dilia hatte auf dieser Straße nichts zu suchen, und irgendwie verdarb sie die Geschichte mit ihrer halb flehentlichen, halb drohenden Geste. Dilia und Alfonso sind Freunde, mit denen Niágara und ich uns gelegentlich treffen, sie leben in einer anderen Welt, und was uns verbindet, ist lediglich alte Treue aus der Studentenzeit, die Wertschätzung aufgrund gemeinsamer Interessen und Neigungen, wir essen dann und wann bei ihnen oder bei uns zu Abend und verfolgen ihr Leben als Ehepaar mit kleinem

Kind und genügend Geld ansonsten von ferne. Was zum Teufel hatte Dilia dort zu schaffen, als die Geschichte sich in einer Weise entwickelte, daß jedes Mädchen vorstellbar gewesen wäre, nur nicht Dilia, denn wenn etwas klar war in der Geschichte, dann das, daß ich diesmal einem Mädchen auf der Landstraße begegnen würde und daher einiges von dem geschehen würde, was geschehen kann, wenn man nach langer anstrengender Fahrt durch das Gebirge in die Ebene kommt und Rast macht; vom ersten Bild an war alles ganz klar, das Abendessen mit anderen Fernfahrern in der Kneipe des Ortes am Fuße des Gebirges, eine Geschichte, die schon nicht mehr originell ist, aber durchaus annehmbar wegen ihrer Varianten und Unbekannten, nur daß die Unbekannte jetzt gar keine solche war, daß sie Dilia war, die überhaupt keinen Sinn machte an dieser Kurve der Straße.
Mag sein, wenn Niágara dagewesen wäre, in ihrem Schlaf leise murmelnd und schnaubend, daß ich Dilia dann nicht mitgenommen hätte, daß ich sie und den Fernlaster und die Geschichte dadurch ausgelöscht hätte, daß ich einfach die Augen geöffnet und zu Niágara gesagt hätte: »Seltsam, eben war ich drauf und dran, mit einer Frau zu schlafen, und die war Dilia«, worauf Niágara vielleicht auch die Augen geöffnet hätte, mir einen Kuß auf die Wange gegeben und mich einen Spinner genannt hätte, oder Freud ins Spiel gebracht oder mich gefragt hätte, ob ich schon mal mit Dilia habe schlafen wollen, um von mir die Wahrheit zu hören oder daß in diesem tristen Leben, obgleich dann wieder Freud und so.
Aber da ich mich allein fühlte in der Geschichte, so allein, wie er nun einmal war, ein Fernfahrer mitten in der Nacht auf der Fahrt über die Sierra, konnte ich einfach nicht vorbeifahren: ich bremste langsam, öffnete die Tür und ließ Dilia einsteigen, die müde und schläfrig gerade nur ein »Danke« hauchte und, ihre Reisetasche vor den Füßen, sich's auf dem Sitz bequem machte.
In den Geschichten, die ich mir erzähle, werden die Spielregeln vom ersten Augenblick an eingehalten. Dilia war Dilia,

aber in der Geschichte war ich ein Fernfahrer und nur das für Dilia, und nie wäre mir eingefallen, sie zu fragen, was sie hier mitten in der Nacht mache, oder sie beim Namen zu nennen. Ich finde, das Außergewöhnliche an der Geschichte war, daß dieses Mädchen Dilia verkörperte, ihr mattes blondes Haar, ihre wasserhellen Augen und ihre Beine, die, zu lang für ihren Körper, fast klischeehaft an die eines Fohlens erinnerten; davon abgesehen, verfuhr die Geschichte mit ihr wie mit irgendeiner anderen, ohne Namen noch frühere Bekanntschaft, eine völlig zufällige Begegnung. Wir wechselten ein paar Worte, ich bot ihr eine Zigarette an, zündete mir selbst eine an, und wir begannen den Berg hinunterzufahren, wie ein schwerer Laster ihn hinunterfahren muß, während Dilia es sich auf ihrem Sitz noch bequemer machte, in sich versunken und vor sich hin duselnd rauchte, was sie für die vielen Stunden Fußmarsch, wozu in den Bergen vielleicht noch die Angst kam, entschädigte.

Ich dachte, sie würde gleich einschlafen, und wie schön es wäre, sie mir schlafend vorzustellen, bis wir die Ebene erreichten, auch dachte ich, daß es vielleicht höflich gewesen wäre, sie einzuladen, sich hinten im Wagen in ein richtiges Bett zu legen, doch niemals in einer Geschichte hatten mir die Umstände das zu tun erlaubt, denn jedes Mädchen hätte mich mit diesem halb verbitterten, halb verzweifelten Ausdruck einer Frau angesehen, die die Absicht dahinter ahnt und fast immer nach dem Türgriff tastet und zu fliehen sucht. Sowohl in den Geschichten als auch in der mutmaßlichen Wirklichkeit eines Fernfahrers konnte es so nicht gehen, man mußte reden, rauchen, sich anfreunden und durch all das die fast immer stillschweigende Zustimmung erhalten, in einem Wäldchen oder auf einem Rastplatz haltzumachen, die Einwilligung in das, was danach kommen würde, doch dann keine Verbitterung oder Zorn wäre, da man nur miteinander teilen würde, was man schon seit der Plauderei, den Zigaretten und dem ersten Bier, das man zwischen zwei Kurven direkt aus der Flasche trank, miteinander geteilt hatte.

Ich ließ sie dann schlafen, die Geschichte nahm diese Entwicklung, die mir bei den Geschichten, die ich mir erzähle, immer gefallen hat, die ausführliche Darstellung jeder Sache und jedes Vorgangs, ein ganz langsamer Film, bei dem vom Körper und den Worten und den Pausen etwas ausgeht, das ein wohliges Gefühl der Zufriedenheit schafft. Ich fragte mich noch, warum Dilia diese Nacht, doch fast sofort hörte ich auf, mich das zu fragen, und da fand ich es ganz natürlich, daß Dilia dort halb schlafend neben mir war, dann und wann eine Zigarette annahm oder eine Erklärung murmelte, warum da mitten in den Bergen, die die Geschichte mit Gähnern und Satzfetzen geschickt zunichte machte, da ja doch nichts hätte erklären können, warum Dilia da mitten in der Nacht in einer gottverlassenen Gegend an der Straße stand. Dann hörte sie plötzlich auf zu reden und sah mich lächelnd an, mit diesem mädchenhaften Lächeln, das Alfonso als bestechend bezeichnet, und ich sagte ihr meinen Namen als Fernfahrer, immer Oscar in diesen Geschichten, und sie sagte Dilia und fügte hinzu, wie sie das immer tat, daß es ein idiotischer Name wäre, an dem eine Tante schuld sei, die Lore-Romane lese, und ich konnte es fast nicht glauben, daß sie mich nicht erkannte, aber in der Geschichte war ich Oscar, und so erkannte sie mich nicht.
Dann erzählen mir die Geschichten Dinge wie die folgenden, doch die ich nicht so erzählen kann wie sie, lediglich zweifelhafte Bruchstücke, Details, die vielleicht gar nicht stimmen, die Laterne, die den Klapptisch im Innern des Lasters beleuchtet, der unter den Bäumen eines Rastplatzes parkt, das Brutzeln der Spiegeleier, und wie Dilia mich nach dem Käse und den Früchten ansieht, als wollte sie etwas sagen, und beschließt, nichts zu sagen, weil es nicht nötig ist, etwas zu sagen, um aus dem Wagen zu steigen und im Gebüsch zu verschwinden, und ich erleichterte ihr alles noch mit dem schon fast heißen Kaffee und sogar einem Täßchen Branntwein, Dilias Augen, die sich zwischen einem Schluck und einem Wort schließen, meine lässige Art, die Lampe zum

Hocker neben der Matratze zu tragen, eine Decke hinzulegen wegen der Kälte später, wie ich ihr sage, daß ich nach vorne gehe, um für alle Fälle die Wagentüren zuzuschließen, auf diesen einsamen Strecken kann man nie wissen, und sie die Augen senkt und sagt, du willst doch nicht etwa dort auf den Sitzen schlafen, das wäre idiotisch, und ich ihr den Rücken kehre, damit sie nicht mein Gesicht sehe, wo vielleicht mein leichtes Erstaunen über das zu lesen ist, was Dilia da eben gesagt hat, obgleich es immer so gewesen war oder doch so ähnlich, manchmal sprach das Indiomädchen davon, auf dem Boden schlafen zu wollen, oder flüchtete sich die Zigeunerin in das Führerhaus, und ich mußte sie an den Schultern packen und nach hinten ins Bett bugsieren, obgleich sie weinte und sich sträubte, nicht so Dilia, Dilia ging langsam vom Tisch zum Bett, fingerte schon am Reißverschluß ihrer Jeans, all diese Bewegungen, die ich in der Geschichte sehen konnte, obgleich ich ihr den Rücken zukehrte und ins Führerhaus ging, um ihr Zeit zu geben, um mir zu sagen, daß alles so geschehen würde, wie es einmal mehr geschehen mußte, eine bruchlose, duftige Sequenz, die ganz langsame Kamerafahrt von der unbeweglichen Gestalt im Scheinwerferlicht an der Kurve der Straße in den Bergen bis zu der jetzt bis zur Nasenspitze zugedeckten Dilia, und dann der übliche Schnitt, die Lampe ausmachen, damit nur noch der Staub der Nacht flimmere, die mit der gelegentlichen Klage eines nahen Vogels hinten durch das Guckloch dringt.

Diesmal dauerte die Geschichte endlos, denn weder Dilia noch ich wollten, daß sie aufhöre, es gibt Geschichten, die ich in die Länge ziehen möchte, aber das japanische Mädchen oder die kühle, willfährige norwegische Touristin lassen sie nicht weitergehen, und obgleich ich es bin, der in der Geschichte bestimmt, kommt der Augenblick, da ich keine Kraft mehr und nicht einmal mehr Lust habe, etwas andauern zu lassen, das nach dem Beischlaf in Belanglosigkeit abzugleiten beginnt, wo ich mir Alternativen oder unerwartete Vorfälle ausdenken müßte, damit die Geschichte munter weitergehe, anstatt mich mit einem letzten flüchtigen Kuß oder einem letzten, fast schon überflüssigen Seufzer dem Schlaf zu überlassen, Dilia jedoch wollte nicht, daß die Geschichte ende, seit ihrer ersten Bewegung, als ich neben sie glitt und wider alles Erwarten fühlte, wie sie mich suchte, seit der ersten gegenseitigen Liebkosung wußte ich, daß die Geschichte gerade erst begonnen hatte, daß die Nacht der Geschichte so lang sein würde wie die Nacht, in der ich mir die Geschichte erzählte. Nur daß mir jetzt bloß noch dies davon bleibt, Worte, die von der Geschichte erzählen; Worte wie Streichhölzer, Seufzer, Zigaretten, Lachen, Bitten und Flehen, Kaffee am Morgen und ein Traum von schweren Wassern, von feuchter Kühle und Rückstrom und Verlassenheit, als mit einer ersten zaghaften Zunge das Sonnenlicht durch das Guckloch kam und den Rücken Dilias leckte, die auf mir lag, ein Licht, das mich blendete, während ich sie an mich preßte und fühlte, wie sie sich unter Stöhnen und Liebkosungen einmal mehr öffnete.

Die Geschichte endet hier, ohne den üblichen Abschied im nächsten Ort, wie es fast unvermeidlich gewesen wäre, von der Geschichte glitt ich in den Schlaf hinüber, nur mit dem Gewicht von Dilias Körper auf mir, die nach einem letzten Gemurmel nun auch einschlief, und als ich aufwachte, sagte Niágara etwas von Frühstück und von einer Verabredung, die wir am Abend hätten. Ich war drauf und dan, ihr alles zu erzählen, aber etwas zog mich nach hinten, etwas, das vielleicht noch die Hand Dilias war, die mich in die Nacht zurücksinken ließ und mir Worte untersagte, die alles besudelt hätten. Ja, ich hatte sehr gut geschlafen; aber ja, um sechs würden wir uns an der Ecke des Platzes treffen, um die Marinis zu besuchen.

Zu jener Zeit hörten wir von Alfonso, daß Dilias Mutter schwer erkrankt war und daß Dilia nach Necochea gefahren war, um sie zu pflegen; Alfonso mußte sich um das Baby kümmern, das ihm viel Arbeit machte, ob wir sie nicht besuchen kommen wollten, wenn Dilia zurück sei. Ein paar Tage später starb die Kranke, und Dilia wollte zwei Monate lang niemanden sehen; dann luden sie uns zum Abendessen ein, wir brachten ihnen Cognac mit und eine Rassel für das Kind und alles war wieder gut, Dilia holte eine Ente mit Orange aus dem Ofen, und Alfonso hatte schon den Tisch für das Canasta vorbereitet. Das Essen verlief glänzend, wie es sich gehörte, denn Alfonso und Dilia sind lebensfrohe Leute, sie begannen von dem schmerzlichen Verlust zu sprechen, schlossen das Thema mit Dilias Mutter aber schnell ab, es war, als zögen sie langsam einen Vorhang davor, um in die unmittelbare Gegenwart zurückzukehren, zu unseren alten Spielen, diesen geheimen Schlüsseln der guten Laune und Garanten eines gemütlichen Abends. Es war schon spät, und wir saßen beim Cognac, als Dilia auf eine Fahrt nach San Juan zu sprechen kam, wohl das Bedürfnis, das qualvolle Sterben ihrer Mutter zu vergessen und den Ärger mit diesen Verwandten, die alles immer noch schlimmer machen. Es kam mir so vor, als spräche sie zu Alfonso, obgleich Alfonso die Geschichte schon kennen mußte, denn er schmunzelte freundlich und schenkte uns noch einen Cognac ein, die Wagenpanne mitten im Gebirge, die öde Nacht und das endlose Warten am Straßenrand, wo jeder Nachtvogel eine Bedrohung war und unvermeidlich alle Schreckgespenster der Kindheit auftauchten, plötzlich die Lichter eines Lastwagens, die Angst, daß auch der Fahrer Angst habe und vorbeifahre, das blendende Licht der Scheinwerfer, das sie an die Felswand nagelte, dann das herrliche Quietschen der Bremsen, das mollig warme Führerhaus, die Talfahrt bei einem ganz belanglosen Gespräch, das jedoch viel dazu beitrug, sich wohler zu fühlen.

»Das ist bei ihr zum Trauma geworden«, sagte Alfonso. »Das hast du mir alles schon mehrmals erzählt, Schatz, doch jedesmal erfahre ich mehr Einzelheiten dieser wunderbaren Rettung, von deinem Ritter Sankt Georg im Overall, wie er dich vor dem bösen Drachen der Nacht gerettet hat.«

»Das kann man so leicht nicht vergessen«, sagte Dilia, »es kommt immer wieder, ich weiß nicht, warum.«
Sie vielleicht nicht, Dilia wußte vielleicht nicht, warum, aber ich, ich hatte den Cognac auf einmal hinunterkippen und mir noch einen einschenken müssen, worüber Alfonso die Brauen hochzog, verwundert über ein Benehmen, das er von mir nicht gewohnt war. Dagegen waren seine Frotzeleien leicht vorauszusehen, er sagte Dilia, sie solle die Geschichte doch einmal zu Ende erzählen, den ersten Teil kenne er zur Genüge, es habe doch sicherlich einen zweiten gegeben, das ist doch so üblich, zumal bei einem Fernfahrer in der Nacht und bei Menschen, die die Freuden des Daseins voll auszukosten verstehen.
Ich ging ins Bad und blieb eine Weile, wobei ich es vermied, mich im Spiegel zu betrachten, um nicht auch dort fatalerweise dem zu begegnen, was ich gewesen war, als ich mir die Geschichte erzählte, und was ich jetzt erneut fühlte, doch hier, jetzt an diesem Abend, was langsam meinen ganzen Körper ergriff, was ich nie für möglich gehalten hätte nach all den Jahren der Freundschaft mit Dilia und Alfonso, bei uns, diesem doppelten Paar mit seinen Feten und Kinobesuchen und Wangenküßchen. Jetzt war es anders, war es Dilia nach der Geschichte, war da von neuem das Verlangen, aber auf dieser Seite, während Dilias Stimme aus dem Salon zu mir herüberdrang, das Gelächter von Dilia und Niágara, die sich über Alfonso mit seiner stereotypen Eifersucht lustig zu machen schienen. Es war schon spät, wir tranken noch einen Cognac und machten uns einen letzten Kaffee, oben weinte das Kind, Dilia lief hinauf und brachte es auf ihrem Arm herunter, es ist klitschnaß, ich muß es im Bad trockenlegen, was Alfonso sehr freute, da ihm so noch eine halbe Stunde Zeit blieb, um mit Niágara die Chancen Vilas' gegenüber Borg zu diskutieren, noch einen Cognac, Mädchen, summa summarum sind wir alle schon ganz schön betrunken.
Ich nicht, ich ging ins Bad, um Dilia Gesellschaft zu leisten, die ihr Kind auf ein Tischchen gelegt hatte und etwas aus

einem Wandschrank holte. Und es war, als wüßte sie schon, als ich ihr sagte, Dilia, ich kenne diesen zweiten Teil, als ich ihr sagte, ich weiß, daß das nicht möglich ist, aber du siehst ja, ich kenne ihn, und Dilia mir den Rücken zukehrte und das Baby auszuziehen begann und sie sich bückte, nicht nur, um die Sicherheitsnadeln aufzumachen und die Windeln zu wechseln, sondern auch, als drückte sie plötzlich eine Last, von der sie sich befreien mußte, und von der sie sich eben jetzt befreite, als sie mir wieder in die Augen sah und sagte, ja, es stimmt, es ist albern und völlig belanglos, aber es stimmt, ich habe mit dem Fernfahrer geschlafen, sag's Alfonso, wenn du willst, er ist auf seine Art eh schon davon überzeugt, er glaubt es nicht, aber ist sich völlig sicher.

So war's, weder würde ich etwas sagen, noch würde sie verstehen, warum sie mir das sagte, warum mir, der ich sie nichts gefragt hatte, der ihr nur gesagt hatte, was sie auf dieser Seite der Geschichte nicht verstehen konnte. Ich fühlte meine Augen als Finger, die ihre Wangen, ihren Hals hinunterglitten, nach den Brüsten suchend, die die schwarze Bluse nachformte, so wie meine Hände sie die ganze Nacht, die ganze Geschichte lang nachgeformt hatten. Das Verlangen war ein geduckter Sprung, das absolute Recht, mich ihr zu nähern, ihre Brüste unter der Bluse zu suchen und Dilia das erste Mal zu umarmen. Sie drehte sich wieder um, und ich sah, wie sie sich erneut bückte, aber jetzt ganz leicht, ohne die Last des Schweigens; flink zog sie die Windeln hervor, der Geruch eines Babys, das Pipi und Kaka gemacht hat, drang zu mir zusammen mit dem Gemurmel Dilias, die das Kind beruhigte, damit es nicht weine, ich sah ihre Hände, die nach der Watte suchten und sie zwischen die angehobenen Beine des Babys legten, ich sah ihre Hände das Baby säubern, anstatt zu mir zu kommen, wie sie zu mir gekommen waren in der Dunkelheit dieses Lastwagens, die mir in den Geschichten, die ich mir erzähle, so oft dienlich gewesen war.

Inhalt

I

II

III